U0330176

丰子恺家塾课

壹

外公教我学诗词

丰子恺◎绘
宋菲君◎著
李远达　高树伟◎评注
林　嵩◎审校

华东师范大学出版社
·上海·

图书在版编目（CIP）数据

丰子恺家塾课：外公教我学诗词.1 / 丰子恺绘；
宋菲君著；李远达，高树伟评注；林嵩审校.—上海：
华东师范大学出版社，2021
ISBN 978-7-5760-1563-8

Ⅰ.①丰… Ⅱ.①丰… ②宋… ③李… ④高… ⑤林
… Ⅲ.①古典诗歌—中国—儿童读物 Ⅳ.
①I207.227.42-49

中国版本图书馆CIP数据核字（2021）第059680号

丰子恺家塾课1
——外公教我学诗词

绘　　者	丰子恺	
著　　者	宋菲君	
评　　注	李远达　高树伟	
审　　校	林　嵩	
策划编辑	许　静	
责任编辑	乔　健	
责任校对	张梦雪　时东明	
装帧设计	卢晓红	

出版发行　**华东师范大学出版社**
社　　址　上海市中山北路3663号　邮编 200062
网　　址　www.ecnupress.com.cn
电　　话　021－60821666　行政传真 021－62572105
客服电话　021－62865537　门市（邮购）电话 021－62869887
地　　址　上海市中山北路3663号华东师范大学校内先锋路口
网　　店　http://hdsdcbs.tmall.com/

印刷者　上海盛隆印务有限公司
开　　本　890×1240　32开
印　　张　8.625
字　　数　198千字
版　　次　2021年6月第1版
印　　次　2021年10月第2次
书　　号　ISBN 978-7-5760-1563-8
定　　价　49.00元

出版人　王　焰

（如发现本版图书有印订质量问题，请寄回本社客服中心调换或电话021-62865537联系）

目录

二　　画中有诗

三　　外公的师友

"橄榄味"

——《丰子恺家塾课——外公教我学诗词》序

丰子恺的绘画创作，从一开始就与诗词有着密切的关系。其成名作，即发表在朱自清与俞平伯合办的《我们的七月》（1924年）上的《人散后，一钩新月天如水》，画面上只是一张桌子、一把茶壶、几只茶杯、一道芦帘和一钩新月，但画的意境多半就从"人散后，一钩新月天如水"中得以传达。丰子恺漫画创作的第一个时期，其实就是"古诗新画"时期。丰子恺爱古诗词，他在《艺术的学习法》中认为"文学之中，诗是最精彩的"。他又在《漫画艺术的欣赏》中说："古人云：'诗人言简而意繁'。我觉得这句话可以拿来准绳我所欢喜的漫画。我以为漫画好比文学中的绝句，字数少而精，含意深而长。"

然而，正如丰子恺自己在《漫画创作二十年》中所说："我觉得古人的诗词，全篇都可爱的极少。我所爱的，往往只是一篇中的一段，甚至一句。"他在《画中有诗》中又言："余每遇不朽之句，讽咏之不足，辄译之为画。"他的老师夏丏尊把丰子恺的这些描写古诗词句的小画称作"翻译"，因为这些"古诗词名句，原是古人观照的结果，子恺不过再来用画表现一次"。丰子恺作这类画，用简洁的几笔，便能将诗词句的主旨表现得别有韵味。李清照《醉花阴》内容丰富，但丰子恺只选"帘卷西风，人比黄花瘦"一句，算是吃透了李清照的词意；李后主有词《相见欢》，丰子恺也只选"无言独上西楼，月如钩"一句，直接捉住了李后主写作时的心态。"古诗新画"并非只是丰子恺早期漫画中才有，此后他在各个历史时期中都有众多这类画出现。比如最具有代表性的是他在1943年4月由重庆万光书店出版的画集《画中有诗》。该画集中所收集的，是丰子恺选取古诗句，以现代人的观照而创作的画。丰子恺在自序中明确地说："近来积累渐多，乃选六十幅付木刻，以示海内诸友。名之曰《画中有诗》。"朱自清在丰子恺的第一本漫画集《子恺漫画》的代序中写道："……我们都爱你的漫画有诗意，一幅幅的漫画，就如一首首的小诗——带核儿的小诗。你将诗的世界东一鳞西一爪地揭露出来，我们这就像吃橄榄似的，老觉着那味儿。"丰子恺的画中有"橄榄味"，是因为这是他从诗的世界中"东一鳞西一爪"揭露出来的。这种"橄榄味"，不仅作者自己受用，也让读者受用，他还希望自己的孩子们受用。

　　有感于丰子恺漫画与诗词的关系，这便联想到了本书。我知道，1986年7月，香港山边社出版了丰子恺儿童故事的单行本《丰子恺儿童故事集》，收儿童故事18篇，丰子恺的女儿丰宛音（即本书作者宋菲君之母）为此书作序言，序言中写道："这本书里的故事，极大部分是我父亲在抗战时期讲给我们听的。那时我们才十多岁。侵略者的炮火逼使我们背井离乡，到处流浪，受尽了苦难。但父亲始终坚信最后的胜利一定属于我们。他素性乐观开朗，一路上仍然和战前家居时那样，经常给我们讲故事。很多故事是逃难途中在舟车旅舍间讲的。到内地后，暂得定居，父亲虽然整天忙于文艺抗宣工作，但有空仍然经常给我们讲故事，还要我们听过后记下来，作为写作练习。"丰子恺的幼女丰一吟对此有细节上的补充，她也在《丰子恺儿童故事集》一书中有一篇文章，曰《父亲和我们同在》，文中写道："我依稀记得，其中一部分故事，正是父亲在我家的周末晚上讲给我们听的。抗战时期我家逃难到大后方，由于一路不断迁徙，我们兄弟姐妹的求学发生困难，父亲便用种种方法给我们补充教育。其中之一便是在周末为我们举行茶话会。从城里买五元钱的零食，我们团团地围坐在父亲身旁，边吃边听他讲话。过后我们必须把这些讲话按他要求用作文的形式记述下来交他修改。他称这些晚会为'和闲会'。按我们家乡话，'和闲'与'五元'的音近似。由于物价飞涨，不久，'和闲会'改名为'慈贤会'（'慈贤'与'十元'的音近似）。部分儿童故事，我们正是在这些会上听到的。"丰子恺之所以在抗战胜利后把这些故事写下来发表，应该是为了让更多的孩子"听"到他所讲的故事。因为丰子恺本人对写儿童故事有自己的说明。1948年2月，儿童书局出版丰子恺的儿童故事集《博士见鬼》。丰子恺在代序中谈了自己的观点：

　　我小时候要吃糕，母亲不买别的糕，专买茯苓糕给我吃。很甜、很香，很好吃。后来我年稍长，方才知道母亲专买茯苓糕给我吃的用意：原来这种糕里放着茯苓。茯苓是一种药，吃了可以使人身体健康而长寿的。

　　后来我年纪大了，口不馋了，茯苓糕不吃了；但我作画作文，常拿茯苓糕做榜样。茯苓糕不但甜美，又有滋补作用，能使身体健康。画与文，最好也不但形式美丽，又有教育作用，能使精神健康。数十年来，我的作画作文，常以茯苓糕为标准。

　　这册子里的十二篇故事，原是对小朋友们的笑话闲谈。但笑话闲谈，我也不喜欢光是笑笑而没有意义。所以其中有几篇，仍是茯苓糕式的：一只故事，背后藏着一个教训。这点，希望读者都乐于接受，如同我小时爱吃茯苓糕一样。

丰子恺的家庭故事会，其实也正是本书作者所说的"课儿"的较早形式，是丰子恺为了教育儿童，对故事内容进行特别的选择，用十分亲和的方式寓教于乐。基于对古诗词的热爱，和对古诗词句中特殊教育功用的理解，"课儿"的对象又逐步扩大到他的孙辈，"课儿"也从讲故事，发展到教授古诗词。据本书作者言，丰子恺的教学方式很特别，他善于利用画家的方便，一面讲，一面绘示意图。其实这也是丰子恺经常使用的方式。有时丰子恺还会倒过来做，比如他为家中孙辈讲日本漫画家北泽乐天的漫画，他也会在解释画册上的画作时，在页面上同时作文字"翻译"，以便孩子们在"下课"后温习时进行文画互读。

丰子恺"课儿"的具体内容和方式，本书第一部分"外公的'课儿'传统"已有十分详细而生动的介绍。给人的感觉此与丰子恺的诗词观十分相契——当年他作画，对于精彩的诗词句，"讽咏之不足，辄译之为画"，如今复将这些古诗词名句，再用现代人的生活作一次全新的观照，帮助孩子们建立起对生活的一种态度——而就在此同时，其"橄榄味"也就咀嚼出来了。

由此，我又想起丰子恺的一幅画，叫作《世上如侬有几人》。画题出自五代南唐李煜《渔父》词。理解此画，可以有不同的角度，其中，挪威汉学家克里斯托夫·哈布斯迈尔在他的著作《漫画家丰子恺——具有佛教色彩的社会现实主义》中评说："渔夫念念不忘的是鱼，他一直是在留心注意。他的全神贯注不会因其周围世界的琐碎事物而受干扰。这是一幅有关如何集中注意力的漫画。当然，丰子恺并不是想说钓鱼活动是一项不错的业余爱好，而是想借此表明处事要目标专一的人生态度。就其简朴的绘画风格而言，这是丰子恺最好的漫画之一。画中的钓鱼竿纹丝不动地垂入水面，正是这种风格特征的完美体现。"就丰子恺漫画的形式风格而论，"这是丰子恺最好的漫画之一"的评价实不为过，但就此画所体现的内容而言，我认为还应该在以上评论的基础上再补充一句：画中还表现了一种恬淡超脱的生活态度，此亦柳宗元所谓的"孤舟蓑笠翁，独钓寒江雪"。你有你的生活方式，我有我的处事态度……丰子恺十分期待自己的孙辈们也能建立起一种生活的态度。令人惊喜的是，本书居然特别安排了大量的篇幅来延伸"课儿"，如"外公的师友""艺术的逃难""西子湖畔旧事""画中有诗"和"日月楼中日月长"，这些看似杂谈式的或记述式的文章终究还是紧紧围绕丰子恺诗词教育，可谓广义的"课儿"。这就又让我想到丰子恺的一贯主张，即"读万卷书，行万里路"。这原本是丰子恺自己找求创作源泉的一种态度，但却可以挪用于丰子恺诗词教育的方式方法。这不仅极大丰富了本书内容，更重要的是传达出了本书作者对待诗词的学习态度，尤其是对丰子恺诗词教育的理解。

我知道宋菲君老师是一位科学家，但由于在多方面接受过丰子恺的影响，不仅是能作文，也能作画，更对丰子恺的艺术观和教育观有深入领悟。此乃一般人难以做到的。承蒙不弃，敦促为序。写上如上感想，仅供读者参考。

陈 星

2021年2月13日，于杭州

外公丰子恺特别重视子女的教育，亲自给孩子们上课，这个课程称"课儿"（teaching the kids），是丰家的"家塾"。在桐乡缘缘堂，在嘉兴金明寺弄，在抗战逃难路上，在富春江的船上，在桐庐、萍乡、长沙，在桂林泮塘岭，在贵州遵义浙大宿舍"星汉楼"，在重庆沙坪小屋，在杭州里西湖静江路85号，在上海陕西南路"日月楼"……"课儿"始终在进行。我是丰家的长外孙，曾长期生活在外公丰子恺身边，直到十八岁考上北京大学物理系到北京读书。我有幸亲历了外公家的"课儿"。

诗词是"课儿"的第一必修课。上中学时我每周去外婆家，外公先让我背上周学的古文诗词，再教新课。诗词一般每周教二十首左右，古文一篇，由外公亲授，取材很广，包括《诗经》《苏批孟子》《古文观止》《古诗十九首》《古唐诗合解》《白香词谱笺》等。从《古诗十九首》的"行行重行行"学到王勃《滕王阁序》的"落霞与孤鹜齐飞，秋水共长天一色"。

外公的教学非常有特色，常常是一面讲解，一面画示意图。讲到"六军不发无奈何，宛转蛾眉马前死"就画一位女子跪地，周围是持戟的武士；讲到"画图省识春风面，环佩空归夜月魂"，外公随手画了一位佩饰叮咚、飘然而至的女子。

外公又常常给我们讲诗人词客的逸闻轶事。例如讲到辛弃疾的《贺新郎》"易水萧萧西风冷，满座衣冠似雪"，就和我们议论荆轲刺秦王、燕太子丹和高渐离易水送别壮士；讲到"夜深满载月明归，划破琉璃千万丈"，就讲吴城小龙女的故事。

外公喜欢旅游，讲到苏曼殊的"春雨楼头尺八箫，何时归看浙江潮"，立刻决定全家去看钱塘江大潮；读完"二十四桥仍在，波心荡、冷月无声"，就去扬州寻梦。

外公家的文学氛围特别浓厚，饭前做的游戏是"猜诗句"（丰家的"飞花令"）"九里山前作战场"；除夕夜的大戏则是富有文学、地理、古迹情趣的"览胜图"；"蓝关"出自韩愈的"云横秦岭家何在，雪拥蓝关马不前"；"尾生桥"的典故是李白的《长干行》"长存抱柱信，岂上望夫台"；"金谷园"则引自杜牧的七绝《金谷园》"日暮东风怨啼鸟，落花犹似坠楼人"。

还有许多我童年时期的趣事，例如抓蟋蟀、猜谜语、唱京剧、看星星等，每个故事背后都有一首或几首诗词。

外公的一生与诗词结下了不解之缘，抗战时期他在遵义为浙大师生讲《艺术概论》时，将住宅命名为"星汉楼"，缘起孟昶的"起来琼户寂无声，时见疏星渡河汉"；四十年代住在杭州里西湖，"门对孤山放鹤亭"；解放后他在上海的住宅"日月楼"里贴的对联是杜甫的名句"香稻啄余鹦鹉粒，碧梧栖老凤凰枝"，还有国学大师马一浮书写的"星河界里星河转，日月楼中日月长"；当年我读高三时文理分科拿不定主意，去问外公时，他正在日月楼中端着茶杯踱步，吟诵着温庭筠的名句："谁解乘舟寻范蠡，五湖烟水独忘机。"外公曾经说过，当他离开人世之际，最舍不得放不下的就是诗词。在"丰子恺120年华诞"书画展会上，展出了外公历经三年写成的25米长的书法长卷，收集204首外公喜爱的诗词。在中国美术馆举行的开幕式上，我的二女儿宋莹芳组织了北京天使童声合唱团的小天使们，演唱了丰子恺先生的老师李叔同先生写的歌:"故山隐约苍漫漫,呢喃,呢喃,不如归去归故山。"

这是一个典型的书香门第,我的母亲、舅舅和姨妈个个饱读诗书,留下了许多有趣的故事。这样的家庭,这样的文化传统,在现代社会中大约永远地消失了。

外公的漫画、散文和译作已经大量出版,但"课儿"背后的故事,只在小姨和母亲的书中偶有谈及。丰家第二代只有小姨还健在,但她年龄很大了。我觉得自己有义务把"课儿"的故事回忆出来、写下来,否则丰家和诗词及其背后的逸闻轶事都将永远地被淹没。

"人世几回伤往事",往事虽已过去多年,幸而我的"长记忆"尚好。在北大中文系林嵩老师的鼓励下,我决定下功夫仔细回忆。就像当年高鹗、程伟元编写《红楼梦》后四十回那样,把久远的、碎片状的回忆"细加厘剔,截长补短,抄成全部"。但我和他们又不一样,高、程两人并不认识曹雪芹,《红楼梦》后四十回系根据鼓担上淘来的二十余卷残稿、前八十回曹雪芹所写的正文中的暗示以及脂砚斋的评语编撰而成。而本书中的所有故事都是我亲历的,或父母亲告诉我的。我只是把片断的回忆尽量串联起来,写成完整的故事。

诗词是我国古典文学的瑰宝,自古以来,诗词的读本很多,例如脍炙人口的《唐诗三百首》《唐宋名家词选》等,近代有更多诗词选集出版。这本书的写作风范是林老师建议的,每篇首都有一首诗词,由北大中文系李远达博士(现任北京大学医学人文学院讲师)和高树伟博士(古典文献学专业)评注,由我写正文,也就是上面所讲的故事。"子恺漫画"本来就有"画中有诗、诗中有画"的特色,本书插图都是外公的漫画和书法。也可以说，这是一本别具特色的诗词读本，由林老师取名《丰子恺家塾课——外公教我学诗词》。由于"课儿"在我出生以前就有了，为使这本书更加完备，又补写了抗战期间外公全家"艺术的逃难"。全书许多文字引自外公的文章，以及小姨、母亲的文章。外公是本书的第一作者。

本书的缘起，是外公和我的大姨、小姨撰写的《爸爸的画》一书（华东师范大学出版社）荣获了"第十一届文津图书奖"，2016年，在颁奖会上我碰到了编辑许静，应许静之邀，我有了写这本书的想法。李远达和高树伟对诗词作者、写作风格和文学、历史、政治背景进行了深入浅出、别具特色的评注，林老师做了全面细致的审查和修改，为成书做出重大贡献。许静、乔健二位编辑参与讨论写作风格、规范，恰当、高效地掌控了写作、编辑、排版的协同进度。这本书体现了北大和华东师大出版社合作的缘分。

2018年末国家天文台薛随建副台长和他的团队建议把发现于1998年的一颗小行星命名为"丰子恺星"，我也参与运作此事。2020年6月3日，国际小行星命名协会批准了"丰子恺星"，公告指出"丰子恺（1898—1975），中国近代著名的画家、文学家、艺术与音乐教育家，以其风格独特的漫画和散文广受欢迎。"发现这颗小行星的日子恰是外公100年华诞，媒体称"百年华诞之际丰子恺天人合一"。其实，外公自己也是天文爱好者，曾为我高一时和同学制作的天文望远镜作画并配诗："自制望远镜，天空望火星。仔细看清楚，他年去旅行。"外公和天文自有缘分，许多故事在本书中有所反映。去年中国制作的"天问一号"火星探测飞船发射，实现了外公多年前的夙愿，国家天文台邀请我作为特殊的嘉宾，在运控大厅实时观看了发射过程。正如《中国国家天文》杂志所说，这是"丰子恺跨越时空的'星'缘"。

最后，我们要感谢杭州师范大学弘一大师·丰子恺研究中心主任、资深教授陈星先生为本书作序。

宋菲君

2020年写于外公丰子恺逝世44周年

一

外公的"课儿"传统

咏怀古迹五首·其三

〔唐〕杜 甫

群山万壑赴荆门[1]，生长明妃尚有村[2]。
一去紫台连朔漠[3]，独留青冢向黄昏[4]。
画图省识春风面[5]，环佩空归夜月魂。
千载琵琶作胡语，分明怨恨曲中论。

注释

[1] 荆门：山名，在湖北宜都西北的长江南岸，是古时楚国西边门户，位于楚蜀交界处。

[2] 明妃：西汉元帝时宫女王嫱，字昭君，晋代因避司马昭讳，改称明妃。

[3] 紫台：即紫宫，汉代宫殿名。江淹《恨赋》："明妃去时，仰天太息。紫台稍远，关山无极。"朔漠：北方沙漠，匈奴所居之地。

[4] 青冢：昭君墓，在今内蒙古呼和浩特南二十里。

[5] 画图：汉元帝根据图画选妃，致使宫人的命运由画师摆布。画师毛延寿故意丑化王昭君，造成昭君无缘得识君面。

评注

《咏怀古迹五首》是杜甫在唐大历元年（766）作于夔

州的一组七律，诗中所歌咏的宋玉、王昭君、刘备等人都在夔州及三峡一带留下古迹。杜甫借歌咏古迹来追怀古人，抒发自己的家国情思。当时杜甫身处白帝城，而昭君村远在秭归，首句气势磅礴地描绘群山万壑随着湍急江流奔赴荆门山的瑰奇景观乃出于想象。而用如此雄壮的意象衬托昭君村，有"窈窕红颜，惊天动地"的意味。颔联用紫台与青冢、朔漠与黄昏的交错时空两两相对，建立起迈越读者想象的一组逻辑关系，写尽昭君一生悲剧。杜甫点化南朝江淹《恨赋》成句，以"连"写昭君出塞之景，以"向"显明妃思汉之心，下笔如神。颈联承上启下，凸显昭君悲剧的根源是汉元帝昏聩，将宫女的命运交给画师来裁决，致使环佩空鸣，昭君骨留青冢，只有魂魄才能夜返故乡。尾联借胡地传入的琵琶曲调，点出昭君"怨恨"的深沉主题。语不涉议论，却无所不包，呈现出此刻"漂泊西南天地间"的杜甫，有着与昭君近似的处境与心境，报国无门，归乡无期，漂泊无依，只有梦魂能够回去，抒情主人公与诗中人物高度融合，后人歌咏明妃之作不能及者在此。

| "课儿" |

外公丰子恺先生很重视子女的教育，而且亲自给孩子们上课，这个课程，用外公的话说叫"课儿"，是丰家的"家学"传统。丰家的孩子都要参加"课儿"，孩子们既是兄弟姐妹、舅甥，又是同学。年长的儿女还兼任TA（助教），给年轻的孩子辅导。在桐乡缘缘堂，在嘉兴金明寺弄，在抗战逃难路上，在富春江的船上，在桐庐、萍乡、长沙，在桂林泮塘岭，在贵州遵义浙大宿舍"星汉楼"，在重庆沙坪小屋，在杭州里西湖静江路85号，在上海陕西南路"日月楼"……"课儿"始终在进行。

我是丰家的长外孙，曾长期生活在外公身边，直到十八岁考上北京大学物理系到北京读书。我有幸亲历了外公家的"课儿"。"课儿"的特点是"养成教育"，外公的养成教育尤其重视对后辈"综合素质"的培养。外公的文学修养非常厚重，他把中国古典文学作为"课儿"的第一必修课。上中学时我每周去外婆家，外公先让我背上周学的古文诗词，再教新课。诗词一般每周教二十首左右，古文学一篇，由外公亲授，取材很广，包括《诗经》《苏批孟子》《古文观止》《古诗十九首》《古唐诗合解》《白香词谱笺》等。从《古诗十九首》的"行行重行行"学到王勃《滕王阁序》的"落霞与孤鹜齐飞，秋水共长天一色"。

1952年5月14日，外公写了一封信给我，讲到《古诗十九首》：

安凡[①]：后天（星期五）我和小娘姨两人要到崇

[①] "安凡"是我的小名。

德①去，要下星期一二回上海。你们这星期天倘来此，我不在，《古诗十九首》不能读。最好再下星期日来，把《十九首》背给我听，我再替你上新诗。《十九首》中有许多字很难读，难解说。现在我写一张给你，可参考。《十九首》要多读几遍，要背得熟。②

当时我读小学四年级，这是外公教我学诗词留下最早的也是唯一的一封信，可惜外公写给我的另一张纸（可能是注释）找不到了。信虽不长，但"课儿"的许多理念都包含其中。

母亲说，外公的"家学"有独特的理念，学诗词有时不问何人所写，不拘泥出自哪个年代，也不必逐词逐句地理解原文，所谓"好读书不求甚解"，但要求读过的诗词全都背出来，长大了自然就明白了。这个见解许多人都不理解。我们初二的班主任、语文教师田颖就不认同，他问我听谁说的？听说是外公说的，田老师不说话了。

《古唐诗合解》中杜甫的几首诗是"课儿"必选的教材。我手头保留了外公当年"课儿"时用过的一本《古唐诗合解》，在杜甫诗《咏怀古迹》"群山万壑赴荆门"的页眉上标有"8.3"，即外公授课日期为某年（可能是1956年）8月3日。在刘长卿的《过贾谊宅》"三年谪宦此栖迟"的页眉上标有"8.17"，正好是两周以后。我从小学四五年级起向外公学诗词，到高中毕业，估计学了几百首到一千首吧，其中也包括母亲教我的诗词以及后来自己学的诗词。小娘舅学得更

---

① 现在的崇福县，外公的故乡。
② 丰子恺：《丰子恺全集19》，书信日记卷一，第5页，海豚出版社，2016。

多，他说他能背出两千首！

外公讲课非常有特点，一面讲解，一面画示意图。外公给我讲杜甫的《咏怀古迹》五首中写王昭君的诗："群山万壑赴荆门，生长明妃尚有村。"外公说诗人不用"千山万壑"而用"群山万壑"，"群山"是"拟人化"，于是就画了一些山，当时我怎么看怎么像是人，像是王昭君的家人、朋友在送别她。外公的画"青山个个伸头看，看我庵中吃苦茶"中表现的正是这样的意境。

读到"画图省识春风面，环佩空归夜月魂"，外公又随手画了一位女子飘然而至的形象。外公问我，读到这两句，有没有听到昭君身上戴的佩饰的叮咚之声？可惜外公的这些画我未能留下来，但外公教我的这首诗却永远地记住了。

现在，这些诗词古文已经成了我精神世界、感情世界的一部分，让我欣赏、伤感、陶醉，使我的心融入这文学的境界之中。

故行宫

〔唐〕王　建

寥落古行宫[1]，宫花寂寞红。
白头宫女在，闲坐说玄宗[2]。

注释

[1] 寥落：寂寞冷落。行宫：皇帝在京城以外的宫殿。
[2] 玄宗：指唐玄宗，即唐明皇李隆基。

评述

　　这首诗的作者有争议。《文苑英华》将之收在王建《温泉宫》诗后，列为王建诗。王建（768—835），字仲初，颍川人，是中唐时的诗人。宋代洪迈编选的《万首唐人绝句》，则认为该诗出自元稹《元氏长庆集》。如果是元稹所写，那么行宫应当是洛阳的上阳宫，写作年代与白居易的《上阳白发人》同时，在元和四年（809）。古人评论也说这首短小的五绝比《上阳白发人》更含蓄而有余味。这首诗二十个字，前三句描绘了一幅故行宫的画卷：古宫寥落、宫花寂寞、宫女白头，句句都有一个"宫"字，却与昔日繁华的宫廷生活如隔天渊。明艳的宫花反衬宫女的白头，以乐景写哀情，倍增其哀愁幽怨的情绪。"白头宫女在"的神髓是"在"，作为资格最老的宫女，她历经了从开元到天宝年间的沧桑巨变。如今皇帝不"在"了，而她还"在"。"闲坐说玄宗"，画面感极强：老宫女与众宫人围坐说古道今，打发无聊的时光，慰藉寂寞的心境。清代诗人沈德潜甚至认为这首诗"已抵一篇《长恨歌》矣"。综观该诗，确实词简意丰，余韵悠长。

┃ 从五言绝句学起 ┃

外公教我们学诗词，总是从五言绝句学起。我记得王建的《故行宫》就是最早学的诗词之一。在《漫画艺术的欣赏》一文中，外公以唐诗中精彩的五言绝句来对比自己的漫画：

古人云："诗人言简而意繁。"我觉得这句话可以拿来准绳我所欢喜的漫画。我以为漫画好比文学中的绝句，字数少而精，含义深而长。举一例：

"寥落古行宫，宫花寂寞红。白头宫女在，闲坐说玄宗。"这二十个字，取得非常精采。凡是读过历史的人，读了这二十个字都会感动。开元、天宝之盛，罗袜马嵬之变，以及人世沧海桑田之慨，衰荣无定之悲，一时都涌起在读者的心头，使他尝到艺术的美味。昔人谓五绝"如四十个贤人，着一个屠沽不得"。这话说得有理。不过拿屠沽来对照贤人，不免冤枉。难道做屠沽的皆非贤人？所以现在不妨改他一下，说五绝"如二十个贤人，着一个愚人不得"。

我们试来研究这首五绝中所取的材料，有几样物事。只有四样："行宫""花""宫女"和"玄宗"。不过加上形容："寥落的""古的"行宫，"寂寞地红着的"宫花，"白头的"宫女，"宫女闲坐谈着的"玄宗。取材少而精，含义深而长，真可谓"言简意繁"的适例。漫画的取材与含义，正要同这种诗一样才好。胡适之先生论诗材的精采，说："譬如把大树的树身锯断，懂植物学的人看了树身的横断面，数了树的年轮，便可知道树的年纪。一人的生活，一国的历史，一个社会的变迁，都有一个纵剖面和无数横断面。纵剖面须从头看到尾才可看见全部。横断面截开一段，若截在紧要的所在，便可把这个横断面代表这一人，或这一国，或者这一个社会。这种可以代表全部分，便是我所谓最精采的。"我觉得这譬喻也可以拿来准绳我所欢喜的漫画。漫画的表现，正要同树的横断面一样才好。

外公的漫画恰似唐诗中的绝句，"言简而意繁"。外公教我写生时曾说："用寥寥数笔画下最初所得的主要印象，最为可贵。漫画之道，是用省笔法来迅速描写灵感，仿佛莫泊桑的短篇小说。"外公的画《买得晨鸡共鸡语》和《锣鼓响》，正是"寥寥数笔，就栩栩如生"，又体现出"小中能见大、弦外有余音"的风范。

章台柳

〔唐〕韩 翃

章台柳[1]，章台柳，昔日青青今在否？
纵使长条似旧垂，也应攀折他人手。

注释

［1］章台：长安街名古称。

评述

　　韩翃，生卒未详，字君平，南阳（今属河南）人。唐天宝年间（742—756）进士，少负才名，官至中书舍人，为"大历十才子"之一。诗作题材多为送别之作，颇具影响。诗风清丽，又不乏雄浑之作。传世有《韩君平诗集》。韩翃虽有才名，但生活穷苦，游学长安，常与友人李生往来，李生有美姬柳氏，每以暇从墙壁缝隙偷窥韩宅，见他家徒四壁，但往来多名士。情不知所起，一往而深。柳氏与李生说韩翃的好，将来必定腾达。李生遂将柳氏赠与韩氏为妻，并赠其钱财。次年，韩氏应试及第，奈何多情人亦复多波折，兵乱使二人分别，柳氏削发为尼，以避兵燹。后唐肃宗收复长安，韩翃各处寻找柳氏，以这首《章台柳》相赠。短句里激荡波折，发问、叹息、九曲回肠。末句一语双关，以柳条

攀折人手喻柳氏命运之多舛。作品的文词虽不特奇，但载运韩柳的爱情故事而流传千古。相传柳氏也有答诗："杨柳枝，芳菲节，所恨年年赠离别。一叶随风忽报秋，纵使君来不堪折。"事具唐孟棨《本事诗》。

　　我的母亲丰宛音（原名丰林先）是外公的二女儿，她从小生长在书香门第，古文诗词也是外公亲授。母亲在圣约翰大学学过英文，中文和英文的功底都非常好。1949年后长期任中学语文教员。我的诗词古文大部分由外公亲授，母亲常常担任TA，也就是助教，辅导我深入学习外公讲的课程。还有相当一部分诗词古文是母亲教我的，在家里讲课就很随意，例如旅游期间，饭后茶余。我读书有了问题常常去问母亲，她回答后附带讲一点诗人词客的逸闻轶事。

　　我非常喜欢外公画中的垂柳。有一次读到一首词《章台柳》，不知是什么意思，就去问母亲。她告诉我，《章台柳》是词牌的名字，词牌是表示曲调的，和词的内容通常没有关联；但初期的词，词牌和内容又常常是一致的，尤其用这个曲调创作的第一首词的题目，经常就成为词牌，例如这首《章台柳》，其他的例子还有姜白石的《扬州慢》和张志和的《渔歌子》等。

　　《章台柳》讲的是唐朝天宝年间，诗人韩翊在长安游学，他的朋友李生有位爱姬柳氏，"艳绝一时，喜谈谑，善讴咏"。当时韩翊才倾一时，风流倜傥，柳氏对韩翊渐生爱慕之情。李生遂慷慨将柳氏赠翊。第二年，韩翊果然考中进士，回老家省亲，暂将柳氏留在长安。此时恰逢安史之乱，长安、洛阳两京沦陷。为避兵祸，柳氏削发为尼，寄居法灵寺。后来唐肃宗收复长安，韩翊便派人密访柳氏，并写赠了这首《章台柳》。柳氏看到这首词，泪似雨下，写了一首《杨柳枝》回赠韩翊：

杨柳枝，芳菲节。所恨年年赠离别。

一叶随风忽报秋，纵使君来岂堪折！

表示自己已经入了空门，不能再回到尘世。母亲说，中国人都喜欢大团圆，在《太平广记·柳氏传》中，也有说柳氏被番将强娶，历经坎坷，最后唐肃宗赐婚，韩翃和柳氏破镜重圆。

母亲的故事大都是小时候听外公说的。但她自己也常常看书，喜欢看"野史"，例如《唐宋传奇集》《夜雨秋灯录》《冷斋夜话》等。母亲知道的故事很多，她的记性又好，我知道的许多故事是听母亲讲的。

我记得京戏中丫头往往名"秋香"，问母亲这里有什么典故。母亲说，史上确有一位秋香。她姓林，秋香则是她的号，是官宦人家的独女，父母视作掌上明珠。秋香自幼聪明伶俐，熟读诗书，且酷爱书画艺术，年未及笄，就长成了姿色娇艳的窈窕淑女。可怜父母双亡，她流落到金陵，因生活所迫，做了官妓。她美貌聪慧，冠艳一时，又熟读诗书，深通琴棋书画，为京城的书生士大夫倾慕。"五陵年少争缠头，一曲红绡不知数。"秋香还向当时的文人画家王元文学画，笔墨清润淡雅。后来，秋香脱籍从良（妓女嫁人）。有的旧相好来找她叙旧情，她在扇面上画了垂柳，并题诗：

昔日章台舞细腰，任君攀折嫩枝条。

如今写入丹青里，不许东风再动摇。

意思是说当年的柳枝已经画到画中，不会再随风飘摇任人攀折，委婉含蓄地谢绝了旧相好。此后章台就成了妓院的雅称，秋香也就成了妓女的代名词。又相传这首诗的作者和唐寅（唐伯虎）是同一时代人，为江南名妓林奴儿，曾在王府当丫鬟，被人叫做秋香，是"女中才子"。明代《画史》中记载："秋香学画于史廷直、王元文二人，笔最清润。"至于这位秋香是否是相传的"唐伯虎点秋香"中的秋香，就无从考证了。母亲还说，《敦煌曲子词·望江南》中一位青楼女子也曾以柳树自喻：

> 莫攀我，攀我太心偏。我是曲江临池柳，
> 这人折了那人攀，恩爱一时间。

看到我们议论丫鬟妓女的诗词那么热闹，父亲在一旁说，还有许多丫头叫"梅香"，又说我给你们出个谜语吧，谜面是："梅香，泡茶！""晓得，去泡哉！"（江浙的方言，意即："知道了，我这就沏茶！"）父亲说打一句唐诗，我们怎么也猜不出来。父亲启发我说："梅花香了，是什么季节到了？"我说当然是春天到了，父亲让我接着往下想。"春到"开头的诗首推张栻的《七绝》：

> 律回岁晚冰霜少，春到人间草木知。
> 便觉眼前生意满，东风吹水绿参差。

父亲笑着点头，但我怎么也无法把这句诗和谜面对上。父亲说，梅香是"春到"，"茶"字的结构就是"人间草木"。丫头的回答非常有意思："晓得"就是"知"。谜面还多了一个"泡"字，而"去泡哉"正好删掉了"泡"字，变成"春到人间草木知"，我们这才恍然大悟。这个谜语，也许只有钱君匋先生出的谜语"无边落木萧萧下"（见后文《无边落木萧萧下》）能与之媲美了。

渔歌子

〔唐〕张志和

西塞山前白鹭飞[1]，桃花流水鳜鱼肥[2]。
青箬笠[3]，绿蓑衣[4]，斜风细雨不须归。

....

注释

[1] 西塞山：陆游《入蜀记》认为西塞山即兴国军大冶县（今湖北黄石）之道士矶，"石壁数百尺，色正青，了无窍穴，而竹树进根，交络其上，苍翠可爱。自过小孤，临江峰嶂，无出其右。矶一名西塞山，即玄真子《渔父辞》所谓'西塞山前白鹭飞'者。"《（万历）湖州府志》认为西塞山在浙江湖州。按《唐诗纪事》载张志和于唐肃宗时以事贬南浦尉，其兄鹤龄"恐其遁世，为筑室越州（今浙江绍兴）东郭"。西塞山当在湖州较为合理。白鹭：又名鹭鸶，羽毛白色，能涉水捕食鱼虾。

[2] 鳜（guì）鱼：俗名花鲫鱼，也称"桂鱼"。

[3] 箬笠：雨具。箬竹叶或篾编制的笠帽。

[4] 蓑衣：用草或棕制成的、披在身上的防雨用具。

....

评述

张志和（732—774），初名龟龄，字子同，号玄真子，

婺州（今浙江金华）人。唐肃宗时明经及第，官至南浦县尉。妻、母相继谢世，弃官而去，隐居于太湖一带，沉醉渔樵。传世有《渔歌子》词五首。这首小令清新淡雅，读来轻松愉悦。三两白鹭在西塞山前掠过，春日桃花零落，随水漂荡。这时节，鳜鱼正肥美。头顶斗笠，身披蓑衣，垂钓斜风细雨中，还回什么家呀。白鹭、桃花、箬笠、蓑衣，颜色都偏淡，也是在衬这种清雅脱俗。且其中写动，也是缓静的状态，白鹭、斜风、落花都是轻柔地动，颇有幽隐之意。

❙ 渔歌子 ❙

张志和的《渔歌子》曾选进了我们中学的语文课本。当时我在上海市复兴中学读书，语文教师是班主任田颖，讲得非常好。不过读了"青箬笠，绿蓑衣，斜风细雨不须归"总觉得意犹未尽。周末和母亲一起到外公家，议论起这首《渔歌子》。

外公说，自从张志和写出了这首脍炙人口的《渔歌子》后，诗人词客纷纷续写、改写，留下不少佳作。苏东坡说玄真（张志和字玄真）的《渔歌子》描写了宁静、美丽的场景。东坡又加数语，将原词改成了《浣溪纱》：

西塞山边白鹭飞，散花洲外片帆微。桃花流水鳜鱼肥。

自庇一身青箬笠，相随到处绿蓑衣。斜风细雨不须归。

母亲说，黄庭坚对东坡的词"击节称赞"（一面打着拍子唱，一面称赞），但黄庭坚认为"散花"和"桃花"重了一个字，又说渔船很少使帆。于是黄庭坚又将张志和的词和唐代顾况的一首小词《渔父》"新妇矶边月明，女儿浦口潮平，沙头鹭宿鱼惊"，合成了《浣溪纱》：

新妇滩头眉黛愁。

女儿浦口眼波秋。

惊鱼错认月沈钩。

青箬笠前无限事，绿蓑衣底一时休。

斜风吹雨转船头。

外公说:"苏东坡为这首词写了'跋',说黄庭坚的词'清新婉丽',以山光水色替却了女子的'玉肤花貌',这才是真正的渔家风范。但这位渔父刚出'新妇矶',又进了'女儿浦',是不是太浪漫了?"可能黄庭坚晚年也觉得自己的这首词确实把渔父的浪漫写得有点过头,因此又做了一首《鹧鸪天》:

> 西塞山前白鹭飞,桃花流水鳜鱼肥。
>
> 朝廷尚问玄真子,何处如今更有诗?
>
> 青箬笠,绿蓑衣,斜风细雨不须归。
>
> 人间欲避风波险,一日风波十二时。

母亲由"青箬笠前无限事,绿蓑衣底一时休"两句,联想到人世永远有悲欢离合,但只要"看破,放下",就会到"心平气和、宁静致远"的境地。又说"人间欲避风波险,一日风波十二时"写尽了人间的欢喜、悲伤和机缘巧合,这才是诗词的最高境界!

外公又说,李后主在亡国以前是风流才子,一位文人张文懿家中有一幅《春江钓叟图》,上面有李后主的《渔父词》:

> 浪花有意千重雪,桃李无言一队春。
>
> 一壶酒,一竿纶,世上如侬有几人。

外公画的《世上如侬有几人》,真个是"一壶酒,一竿纶"。虽然外公从不垂钓,但他非常向往远离尘世的隐居生活。

虞美人·感旧

〔南唐〕李　煜

春花秋月何时了[1]，往事知多少。

小楼昨夜又东风，故国不堪回首月明中[2]。

雕栏玉砌应犹在[3]，只是朱颜改[4]。

问君还有几多愁[5]，恰似一江春水向东流。

··

注释

[1] 春花秋月：岁月更迭。

[2] 故国：指南唐。不堪：不能忍受。

[3] 雕栏玉砌：雕刻着花纹的栏杆，精美玉石砌成的台阶，
借指南唐宫殿。

[4] 朱颜：红颜，代指南唐宫女。全句谓亭台犹在而人事
变迁。

[5] 还：或作"都""能"。

··

评述

　　李煜为五代时南唐国主，亡国后，被俘至汴京，北宋太
宗太平兴国三年（978）被毒死。其人仁孝，能书善画，兼
诗词、文章，才华横溢。其生平坎坷，诗词也多凄苦。该词
即李煜被俘汴京时所作。旧传李煜在"七夕"生日时命故伎

作乐，宋太宗听后大怒，又读到"小楼昨夜又东风，故国不堪回首月明中"，认为李煜不忘故国，于是下令毒死。词人回首繁华往昔，苦痛难堪。夜里听得小楼上冷风簌簌作响，透过窗子，仍能望见明月。家国凋零，一个人如何能承受这些苦痛呢。小楼、故国，视野忽远忽近，心情跌宕起伏，作者感怀故国，忧愁悲愤，自问自答，所出词句多有翻新。尤其是将愁与东流的一江春水联系起来，成为传颂千古的名句。以水喻愁，早在唐代，刘禹锡即有"水流无限似侬愁"句，李煜之后，又有秦观化老杜句作"飞红万点愁如海"，终不如李后主奇苦郁结的"一江春水向东流"。

母亲的《白香词谱》手抄本

《白香词谱》是清代嘉庆年间舒梦兰编选的历代词选，在清代中叶成书后，屡有翻刻。到同治年间，又有南海人谢朝徵为本书作笺，收集了词作者和朋友间的诗词唱和、逸闻轶事，以及词话、词评等，受到广大读者的欢迎。

母亲手头有一本复写的词集，记录了大部分《白香词谱》正文以及"笺"中收集的好词。母亲说过，抗战逃难期间老家"缘缘堂"的书绝大部分毁于战火，这是外公根据自己的记忆给儿女讲课的讲稿，由家里的女孩子们复写，字迹非常娟秀。外公曾说过，在桂林师范讲课期间，"上午十时下课后，即有连续三天之空闲。归途入某书铺，见有石印《白香词谱笺》，索价法币一元二角，终以一元购得之。忆承平时，诸儿买此书课外阅读，但费五六角耳。归寓翻阅，如见故人。错字虽多，然因熟习，见鲁豕知其为鲁亥，亦无妨也"①。

后来外公基本上按照这本手抄本给我讲授唐宋词，母亲就当助教。历经十年动乱，可惜这本珍贵的手抄本找不到了。

在众多词人中，外公对李后主的词非常推崇。外公说词家有"三李"：李煜、李清照、李叔同。（沈谦所谓的"词家三李"，指的是李白、李后主和李清照。）外公教过我多首李后主的词，后来母亲接着教，如：

---

① 丰子恺：《教师日记》（1939年5月6日），见丰陈宝，丰一吟编：《丰子恺文集》（文学卷三），第138页，浙江文艺出版社，浙江教育出版社，1992。

　　　　　　四十年来家国，三千里地山河。

　　　　　　几曾识干戈。(《破阵子》)

　　母亲和小姨她们都这么读，我也这么背。多年后我觉得《破阵子》的调式似乎缺了点什么，查了《全唐诗》《花草粹编》，才发现少了两句"凤阁龙楼连霄汉，玉树琼枝作烟萝"，原来《白香词谱笺》是从《东坡志林》中转引的，漏了两句，于是我们全家都少背了两句。原词应是：

　　四十年来家国，三千里地山河。凤阁龙楼连霄汉，
　　玉树琼枝作烟萝，几曾识干戈？
　　一旦归为臣虏，沈腰潘鬓消磨。最是仓皇辞庙日，
　　教坊犹奏别离歌，垂泪对宫娥。

　　外公说，李后主在位时的词只写宫廷生活，和后妃们的卿卿我我："绣床斜凭娇无那。""片红休扫尽从伊，留待舞人归。"但亡国后，国破家亡，嫔妾散落，李后主的词风一变，可谓"国家不幸诗家幸，话到沧桑语始工"，意思是说，李后主的南唐灭亡了，却催生了一位词客大家，是诗词界大幸。

　　李后主写词就像日常对话，却"一字一珠"，写出了意境极为高远、感情极为悲凉的句子，达到唐宋词的艺术高峰。西施、王嫱（昭君）之美，在于"淡抹浓妆总相宜"，而李后主亡国后的词之美，则是"粗服乱头，不掩国色"。他的《乌夜啼》：

　　林花谢了春红，太匆匆，无奈朝来寒雨晚来风。

胭脂泪，相留醉，几时重？自是人生长恨水长东。

《白香词谱笺》评价这首词"最为凄婉"，"亡国之音哀以思也"。李后主是"风流才子，误作人主"，他是一位优秀非凡的诗人词客，但却是一位失败的帝王。李后主在亡国后写下"一旦归为臣虏，沈腰潘鬓消磨""剪不断，理还乱，是离愁""问君能有几多愁？恰似一江春水向东流"这样的哀音，招来了宋太宗御赐的"牵机药"（可能是一类神经毒药）。可叹一代才子，风流帝王，一命而亡。

荆州亭·帘卷曲栏独倚[1]

〔北宋〕吴城小龙女

帘卷曲栏独倚，江展暮天无际[2]。

泪眼不曾晴，家在吴头楚尾[3]。

数点雪花乱委[4]，扑鹿沙鸥惊起[5]。

诗句欲成时，没入苍烟丛里[6]。

注释

[1] 按一作"清平乐令·题柱"，又题"江亭怨"，今依《白香词谱笺》题作《荆州亭》。

[2] 江展：江，一作"山"。暮天：傍晚的天空。

[3] 吴头楚尾：古豫章（今江西省）一带，位于春秋吴的上游，楚的下游，故称。

[4] 委：抛弃、掉落。这句是说，江水击起的泡沫像雪花一样星星点点地乱落下来。

[5] 扑鹿：也作"扑漉"，象声词，摹状拍翅声。

[6] 苍烟：苍茫的云雾。

评述

宋代黄庭坚自黔安出峡登荆州江亭，偶见柱上题有这首词，感慨系之，疑为女鬼所作。夜里又梦女子向其哭诉，自

称是豫章吴城人，来此乘舟游玩时，不慎溺水而亡。逡巡不能归乡，偶登江亭，感慨万端，于是就写了这首词。黄庭坚因此断定这首词必定是吴城小龙女所写。这段故事见载于《冷斋夜话》诸书。女鬼的故事当然不足为信，有可能是小说家假托女鬼之名赋诗；也有可能先有亭柱上的题诗，后人根据词意，附会上女鬼的故事。如果不把这首词看成是一首"鬼词"，即使当作是一首怀乡之作，也属上乘。通观全词，"泪眼不曾晴"最为挺秀，传递出的真情实感颇能引人共鸣。词人独自倚靠栏杆，疏帘卷起，江天隐现在暮色中，想起远在豫章的家乡，泪眼婆娑。江水击起的浮沫像雪花似的扑簌簌落下。心底即将泛起的诗句，却掉进苍茫的江烟中，再寻不见。

｜ 夜深载得月明归 ｜

1975年7月5日，外公在写给友人潘文彦的信中说："我近读《白香词谱》，爱其'笺'。笺中有许多可爱的作品。"[1] 这就是为什么外公选择《白香词谱笺》作为"课儿"的教本，很重要的原因是因为书中"笺"的部分有很多美妙的故事。

小时候我每周六去外公家，临睡前躺在床上，外公常常给我们讲故事，取材很广，如《三国演义》《东周列国志》《说岳全传》《杨家将演义》《聊斋》《子不语》，等等，当然也少不了《白香词谱笺》中记载的与诗词有关的故事。下面这个源自《异闻总录》的故事，就记载于《白香词谱笺》。

有一次外公讲到宋朝的著名词客黄庭坚游荆州亭，看到柱子上有一首诗，其中有一句"泪眼不曾晴"，疑为女鬼所作。当夜梦见一女子，诉说自己乘船到荆江，不幸溺水而亡，亡故后写了一首诗在亭柱上，多少游客见过，只有先生您看明白了。说毕长长地作揖，倏然而逝。黄庭坚醒来后想，托梦给我的一定是小龙女。

多年后，有一位年轻书生朱景文负责吴城龙王庙的修葺。他非常敬业严谨，重塑龙女雕像时，要求工匠务必塑造得与壁画上的神女神似，几次三番返工重塑，龙女的雕像果然"明丽艳冶"、栩栩如生。朱生觉得《荆州亭》诗语意凄婉，绝非常人的诗作，于是他题写了一首《玉楼春》于壁上：

---

[1] 丰子恺：《致潘文彦、罗芬芬（信）》，见《丰子恺全集20》（书信日记卷二），第221页，海豚出版社，2014。

玉阶琼室冰壶帐，凭地水晶帘不上。

儿家住处隔红尘，云气悠扬风淡荡。

有时闲把兰舟放，雾鬓风鬟乘翠浪。

夜深满载月明归，划破琉璃千万丈。

当夜朱公子梦见一队豪华的仪仗簇拥着一辆车来了，内中有一位美女，使者报龙女来访。下车后女子与朱生像情侣般"宴饮寝昵"。龙女言谈潇洒，凤仪穆然。临别时对朱生说："君想必不记得畴昔之事了，君的前生是南海广利王的幼子，因行游江湖，成了我家的女婿，妾身其实是你的爱妻。今生你在冥冥之中并未完全忘却前世姻缘，来荆州续前缘，但愿来世复谐佳偶。君写下的《玉楼春》令我感慨不已，永志不忘。"说完怅别，朱生不忍，用手拉住龙女，龙女挣脱而去。朱生醒来后，手上还留有女孩子的余香。他努力回忆梦境，记录下这段故事传世。

外公的《夜深满载月明归，划破琉璃千万丈》画的是杭州西湖，背景为保俶塔，此画与小龙女的故事完全没有联系。1943年外公在重庆文光书店出版《画中有诗》一书的自序中说："余读古人诗，常觉其中佳句，似为现代人生写照，或竟为我代言。盖诗言情，千古不变；故为诗千古常新。此即所谓不朽之作也。余每遇不朽之句，讽咏之不足，辄译之为画。不问唐宋人句，概用现代表现。"

用唐宋诗人词客的名句，反映现代生活，正是子恺漫画能历久弥新的原因。

声声慢·秋情

〔北宋〕李清照

寻寻觅觅，冷冷清清，凄凄惨惨戚戚。

乍暖还寒时候[1]，最难将息[2]。

三杯两盏淡酒，怎敌他晚来风急！

雁过也，正伤心，却是旧时相识。

满地黄花堆积[3]，憔悴损，如今有谁堪摘？

守着窗儿，独自怎生得黑[4]！

梧桐更兼细雨，到黄昏，点点滴滴。

这次第[5]，怎一个愁字了得！

注释

［1］乍暖还寒：冷热不定。

［2］将息：休息。

［3］黄花：菊花。

［4］怎生：犹怎样，如何。

［5］次第：情形，境况。

评述

这首词作于作者丈夫去世以后，词人茕茕孑立，形影相

吊，吐字拈句，自然多些凄凉笼聚。"寻寻觅觅，冷冷清清，凄凄惨惨戚戚"，叠字起句，出奇制胜，前无古人后无来者，读来，音律如大珠小珠落玉盘，时顿时促，凄楚遂生其间。后人有评云"易安此词首起十四叠字，超然笔墨蹊径之外。岂特闺帏，士林中不多见也"。冬末春初，冷热不定，作者娇弱，又喜饮酒，刺骨寒风一过，悲怆加剧。伤心中，旧时经眼粘情之物，如这大雁，竟也平白无故增添了不少愁绪。石街上，黄花铺满厚厚一层，也无人再有心绪去摘这花了。不知不觉，自己一个人就在窗前倚了一整天，外面的天好黑啊。细雨敲打梧桐，叮咚到黄昏，更添些苦楚。一个愁字，恐怕也载不动这些复杂的情绪了。梁启超批点此词："最得咽字诀，清真不及也；又，这首词写从早到晚一天的实感。那种茕独凄惶的景况，非本人不能领略，所以一字一泪，都是咬着牙咽下。"这首词其实是作者家国情怀交织的愁绪，一方面丈夫去世，孤单凄凉，一方面战事颇多，南宋朝廷苟且无为，心头萦绕颠沛流离之痛，国破家亡，时光流逝，无可奈何，徒然叹息而已。

| 巾帼压倒须眉 |

李清照是我们全家最喜欢的女词客。外公说李清照的词有两个特点：第一是尽量用大家都熟悉的平常的词语，写出词坛最动人的句子，所谓"以寻常语，度入音律。炼句精巧则易，平淡入调者难"；第二是"协律"，意思是说平仄、音律均好。大家都喜欢读李后主、范仲淹、温庭筠、晏殊、晏几道、苏东坡、秦观、李清照、陆游、蒋捷、朱淑真、萨都拉的词，一个重要的原因就是好懂、上口。

外公说前人对李清照的评价非常高，说她的词"如巧匠运斤，毫无痕迹"，还说"不徒俯视巾帼，直欲压倒须眉"。意思是说，她的词比许多男词客的还要好。

我们在家里常议论李清照的词。李清照早年的词生动、细腻，绘声绘色地描述离恨别情。但靖康之变、中原沦陷后，李清照的丈夫赵明诚在建康（今江苏南京）去世，书画、金石等珍贵藏品在颠沛流离中散失殆尽，李清照的词风大变。正如清初词客朱彝尊所说："世人言词，必称北宋，然词至南宋始极其工，至宋季始觉其变。"南渡后的词客深刻地描写了国破家亡的悲剧，抒发了忧国忧民的情怀。故一些词客称他们前期的词为"江北旧词"，称南渡后的词为"江南新词"。

母亲是语文教师，她的古文根底非常好，她最欣赏李清照的《声声慢》，曾经深入地分析给我听。她说，李清照用一连串的叠句，让读者、听者"屏息凝神"，跟着女词人一同进入她那思念故人、思念故乡的内心世界："三杯两盏淡酒，怎敌他晚来风急！雁过也，正伤心，却是旧时相识。"

下阕写："满地黄花堆积，憔悴损，如今有谁堪摘？守着窗儿，独自怎生得黑？"真个如怨如慕、似泣似诉。母亲还说，"黑"字不许第二人用，意思是说"黑"字用绝了，这首《声声慢》写绝了，读到此处，令人"掩卷改容，不忍卒读"。

"寻寻觅觅，冷冷清清，凄凄惨惨戚戚。"外公说，李清照居然一口气写出十四字的叠句，后面又用叠句"到黄昏，点点滴滴"，可谓前无古人后无来者。诗中用字的重复，增加了诗的音乐的要素，即增加读者沉重的美的感觉。

外公还很喜欢的李清照的一首词是《武陵春》：

> 风住尘香花已尽，日晚倦梳头。
>
> 物是人非事事休，欲语泪先流。
>
> 闻说双溪春尚好，也拟泛轻舟。
>
> 只恐双溪舴艋舟，载不动、许多愁。

他最欣赏这句"只恐双溪舴艋舟，载不动、许多愁"，曾有《西湖舴艋舟，载得许多愁》的画作，而且一直希望能到金华去看看双溪。三百多年前，金华的丰氏有一支辗转到了外公的故乡桐乡定居，桐乡其实是丰家的第二故乡，金华才是外公家的第一故乡。抗战逃难初期，外公也曾想过到金华去避难，想象那里是没有战火的"世外桃源"。但直到1962年外公64岁，才有机会和外婆、小姨游金华双溪、双龙洞，圆了他回金华老家的夙愿。

如梦令·昨夜雨疏风骤

〔北宋〕李清照

昨夜雨疏风骤，浓睡不消残酒[1]。

试问卷帘人，却道海棠依旧。

知否？知否？应是绿肥红瘦[2]。

....

注释

[1] 浓睡：沉睡，酣睡。

[2] 绿肥红瘦：绿叶繁茂，红花凋谢。

....

评述

　　这首小令为作者早期作品。三两笔即勾勒出少女伤春的淡淡愁绪。也不知昨夜的雨如何稀疏，混沌中只听见风着急地扑打窗棂，即便如此酣睡，那淡酒三杯两盏仍未消退。抬头看到卷帘侍女，随口问了句：院子里的海棠怎么样了呀？你知道吗？知道吗？你问的院里那海棠，早已红花凋零，雨把那绿叶刷洗得肥厚夺人眼目。"绿肥红瘦"这简单的四个字穿越千年，赢得无数文人叹赏。清人黄苏《蓼园词评》曾评说："'绿肥红瘦'，无限凄婉，却又妙在含蓄，短幅中藏无限曲折，自是圣于词者。"可谓精准点出了这首小令的精妙之处。以肥、瘦二字摹状雨后海棠，宛如一幅小的水墨斗

方，何其妙想！短幅蕴藏无限曲折，这曲折是作者内心敏感与眼前所见的复杂交织，挤在一个小的时空里，越发蕴藉出无限感慨，惆怅满腔。

| 绿肥红瘦 |

李清照的《如梦令》也是母亲很喜爱的。母亲告诉我，李清照家是书香门第，嫁给赵明诚后夫妻唱和，十分恩爱。赵明诚是收藏家兼金石专家，但李清照填词的水平远在赵明诚之上。婚后赵明诚常常"负笈远游"，于是夫妻二人只能鸿雁传书，写信填词寄托思念。有一次李清照写了《醉花阴》，寄给赵明诚：

> 薄雾浓云愁永昼，瑞脑销金兽。
> 佳节又重阳，玉枕纱厨，半夜凉初透。
>
> 东篱把酒黄昏后，有暗香盈袖。
> 莫道不销魂，帘卷西风，人比黄花瘦。

赵明诚不甘心，花了三天时间，废寝忘食，填了十五首《醉花阴》，和妻子李清照的词混在一起交给北宋的名士陆德夫。陆德夫再三欣赏后，说只有"莫道不消魂，帘卷西风，人比黄花瘦"这三句绝佳，赵明诚只能自愧不如了。

外公曾在《文学的写生》一文中说：

> 大自然有情化是艺术的观照上很重要的一事，画家与诗人的观察自然，都取有情化的态度。"画家能与自然对话"，就是说画家能把宇宙间的物象看作有生命的活物或有意识的人，故能深解自然的情趣，仿佛和自然谈晤了。

中国画法上注重"气韵生动",一草一木,必求表现其神韵,也即是"拟人化"。而许多诗词则是"文学的写生",以易安词"应是绿肥红瘦"为最典型。

外公说:"花树是植物的精英,表情最为丰富,故最易看作各种人物的表象。"例如:

衰桃一树近前池,似惜红颜镜中老。 （温庭筠）

依旧,依旧,人与绿杨俱瘦。 （秦观）

花树原来有知、有情,能哭能笑,有愁有恨。例如:

无情最是台城柳,依旧烟笼十里堤。 （韦庄）

有情芍药含春泪,无力蔷薇卧晓枝。 （秦观）

感时花溅泪。 （杜甫）

桃花依旧笑春风。 （崔护）

丁香暗结雨中愁。 （南唐中主李璟）

词客还常把鸟当作理解人情之动物,人愁苦时鸟声亦愁,人兴阑时鸟声便缓。例如:

眠沙鸥鹭不回头,似也恨、人归早。 （李清照）

隔花啼鸟唤行人。 （欧阳修）

外公说,在词客眼中,太阳、山水,也被当作人看,例如李清照的《怨王孙》:"水光山色与人亲。"

母亲说,小李杜（李商隐、杜牧）的诗,小晏（晏几道）的短令，把自然的"有情化"推向了极致：

蜡烛有心还惜别，替人垂泪到天明。 　（杜牧）

春蚕到死丝方尽，蜡炬成灰泪始干。

（李商隐）

红烛自怜无好计，夜寒空替人垂泪。

（晏几道）

朝中措·送刘仲原甫出守维扬[1]

〔北宋〕欧阳修

平山阑槛倚晴空[2]，山色有无中[3]。
手种堂前垂柳，别来几度春风。

文章太守[4]，挥毫万字，一饮千钟[5]。
行乐直须年少，尊前看取衰翁[6]。

······

注释

[1] 刘仲原甫：刘敞，字原甫，"仲"为行二，北宋仁宗嘉祐年间出知扬州。维扬：扬州别称。

[2] 平山：平山堂，为欧阳修出守扬州时所修。在堂上，江南山峦，尽收眼底，与堂齐平，因此得名。阑槛：栏杆。

[3] 山色有无中：原句出唐·王维《汉江临泛》："江流天地外，山色有无中。"

[4] 太守：官名。秦置郡守，汉景帝时改名太守，宋以后改郡为府或州，以太守为知府、知州别称。

[5] 千钟：千杯。形容酒量极大。

[6] 尊：酒樽，指筵席上。

······

评述

欧阳修出任扬州时，曾修建平山堂，故址在今江苏扬州

朝中措　　欧阳修

平山阑槛倚晴空　山色有无中　手种堂前垂柳　别来几度春风　文章太守挥毫　万字一饮千钟　行乐直须年少　尊前看取衰翁

市西北瘦西湖北蜀冈上。此词为欧阳修送好友刘敞出守扬州而作。自古送别多悲惋，欧阳公此作一反常态，淡然叙说，以栏杆、晴空、山色、垂柳在平山堂这一空间中构造的独特观察视角，抒发其静雅的人生态度。词中"挥毫万字，一饮千钟，行乐直须年少"，让人很容易想起李白的"白日放歌须纵酒，青春作伴好还乡""人生得意须尽欢，莫使金樽空对月"那些美丽洒脱的句子。但从唐诗到宋词，雍容华贵、狂放狷介转而收敛、含蓄、优雅。这首词上阕还直接拈了王维《汉江临泛》"江流天地外，山色有无中"后半句过来，颇能中和下阕的狂味。这一点早已为稍后的陆游注意，陆游指出权德舆《晚渡扬子江诗》中"远岫有无中，片帆烟水上"已借用王维语，至欧阳修已三度使用，不过欧词的"别来几度春风"更能代表宋人的优雅。整首词从平山堂景色切入，堂前垂柳，风中招摇，如荏苒之时光在回忆的大海里泛起涟漪。千钟美酒，下笔万言。你看呀，你看那杯盏后的白发，多么惊人。年轻人，让我们狂歌痛饮，多留住一些快乐的时光吧。

| 平山堂和"文章太守" |

读中学时，外公教我欧阳修的《朝中措·送刘仲原甫出守维扬》和苏东坡的《西江月》（三过平山堂下）。北宋时，著名的政治家欧阳修由于支持范仲淹的新政而被贬到扬州当太守，政事之余，喜爱蜀岗之上可以极目千里，就在此修平山堂，在此与宾朋饮酒、邀妓、写诗、填词以寄情山水，并写下了著名的《朝中措》。

欧阳修是"唐宋八大家"之一，自称"文章太守"，是当之无愧的。他当时不过五十多岁，就自比"衰翁"。据记载，欧阳修在平山堂前种下一株杨柳，后人称为"欧公柳"。十年后，欧公去世了，他的弟子、同为"唐宋八大家"的苏东坡继任为太守。宋仁宗嘉祐二年欧阳修任主考官，看到苏轼的文章，十分赏识，认为是奇才，并且说"老夫亦须放他出一头地"，这年苏轼考中进士。此后，苏轼对欧阳修一直非常敬重。十余年后苏东坡到扬州，他的老师欧阳修已经去世。东坡曾有词"识得醉翁语，山色有无中"，还写下了著名的《西江月》纪念他的老师：

> 三过平山堂下，半生弹指声中。
> 十年不见老仙翁，壁上龙蛇飞动。
>
> 欲吊文章太守，仍歌杨柳春风。
> 休言万事转头空，未转头时皆梦。

高中毕业五十年后，我偕妻子王丽君和大学同学卢迁、梅娅夫妇同游扬州瘦西湖和大明寺。大明寺与其他寺庙没有区别，游人甚多，而旁边的平山堂，游人就寥寥无几。只见正门上方书有"平山堂"三个大字，另一牌匾额"风流宛在"，让人回忆起欧公当年的风流韵事。平山堂上的匾额"远山来与此堂平"，则形象又含蓄地描述了平山堂的含义。不过今天从平山堂望出去，扬州城里都是高楼；向长江方向望去，仪征化纤厂上空则烟霭纷纷，不知是薄雾还是空气污染，江南镇江的焦山、金山几乎看不清，更谈不上"远山来与此堂平"了。堂前也不见"欧公柳"。我到处寻找欧词和苏词，平山堂内外石碑不少，但怎么也找不到这两首词。丽君的兴趣本不在此，卢迁帮我找了一圈，大家都失望地下山了。我若有所失，重新上山到平山堂，功夫不负有心人，终于在一个角落里发现"三过平山堂下"的碑刻，总算不虚此行了。

贺新郎·别茂嘉十二弟

〔南宋〕辛弃疾

绿树听鹈鴂[1]，更那堪、鹧鸪声住[2]，杜鹃声切[3]。啼到春归无寻处，苦恨芳菲都歇。算未抵、人间离别。马上琵琶关塞黑[4]，更长门[5]、翠辇辞金阙[6]。看燕燕[7]，送归妾。

将军百战身名裂[8]。向河梁[9]、回头万里，故人长绝。易水萧萧西风冷[10]，满座衣冠似雪[11]。正壮士、悲歌未彻。啼鸟还知如许恨[12]，料不啼清泪长啼血，谁共我，醉明月。

....

注释

［1］鹈鴂（tí jué）：一作"鶗鴂"，鸟名。《离骚》有"恐鹈鴂之先鸣兮，使夫百草为之不芳"。

［2］鹧鸪：鸟名。古人常谐其鸣声为"行不得也哥哥"，多用以表达思念故乡。

［3］杜鹃：鸟名。传说古蜀王杜宇之魂所化。春末夏初，常昼夜啼鸣，叫声哀切。

［4］马上琵琶：王昭君远嫁匈奴，临行时，元帝令在马上弹琵琶为乐，以解路上思念家国的愁绪。

［5］长门：汉武帝陈皇后失宠后，辞别汉阙，幽闭长门宫。后以"长门"借指失宠女子居住的寂寥凄清的宫院。

贺新郎词

绿树听鹈鴂。更那堪、鹧鸪声住，杜鹃声切。啼到春归无寻处，苦恨芳菲都歇。算未抵、人间离别。马上琵琶关塞黑，更长门翠辇辞金阙。看燕燕，送归妾。

将军百战身名裂。向河梁、回头万里，故人长绝。易水萧萧西风冷，满座衣冠似雪。正壮士、悲歌未彻。啼鸟还知如许恨，料不啼清泪长啼血。谁共我，醉明月。

［6］翠辇辞金阙：翠辇，装饰了翠羽的帝王车驾。金阙，皇帝居住的宫殿。化用王昭君出嫁匈奴、离汉宫典。

［7］"看燕燕"句：《诗经·邶风》中有《燕燕》一诗，相传为庄姜送别戴妫时所作。春秋时，卫庄公的妻子庄姜，无子，庄公妾戴妫生子完，庄公去世后，完继位，不久被杀，戴妫只好离开卫国。

［8］"将军"句：化用汉李陵旧典。李陵抗击匈奴，势力衰败，投降敌方。"身名裂"一作"声名烈"。

［9］河梁：旧题李陵《与苏武》诗有"携手上河梁，游子暮何之"句，后多以"河梁"代指送别之地。其友人苏武出使匈奴，淹留十九年之久，却大义凛然，威武不屈。

［10］"易水"句：易水，水名。在今河北西部，源出易县，入南拒马河。此句化用荆轲刺秦王典，战国时，易水边，燕太子丹送荆轲入秦行刺秦王。

［11］满座衣冠似雪：太子及宾客知道荆轲要去刺杀秦王，都穿上白衣，戴上白帽，给荆轲送别。

［12］啼鸟：相传蜀王望帝失国以后，其魂化为杜鹃，悲鸣出血，声类"不如归去"。如许：这些，这么多。

....

评述

　　据张惠言《词选》，该词为作者送别因罪贬谪的族弟茂嘉所作。据学者考证，茂嘉应即刘过《沁园春·送幼安弟赴桂林官》中赴桂林的弟弟，词中另有"入幕来南，筹边如北"句，与该词用典相合。全词化用送别三典，望帝杜鹃、壮士送别等典故，浮荡古今旧事。这七个典故不仅都与送别有关，且都属"怨事"，其中涉及的人、事都是政治斗争中的失败者或牺牲品，但他们都有人格魅力，因此在历史上留下了声名。作者辛弃疾也是这样的"失败者"，故由此发出许多感慨。陈廷焯《白雨斋词话》评此词"沉郁苍凉，跳跃动荡，古今无此笔力"。

｜　壮别诗　｜

　　那年外公教我辛弃疾的《贺新郎》"易水萧萧西风冷，满座衣冠似雪"，当时我父亲也在。外公就和我们议论燕太子丹和高渐离易水送别剑客、荆轲刺秦王的悲壮往事："风萧萧兮易水寒，壮士一去兮不复还。"（司马迁《史记·刺客列传》）。父亲提起骆宾王的《于易水送人》诗：

　　　　此地别燕丹，壮士发冲冠。

　　　　昔时人已没，今日水犹寒。

　　对荆轲的慷慨悲歌、感伤别离，后人也有别议，觉得荆轲、高渐离他们未免过于细腻缠绵。外公说："士为知己者死，女为悦己者容。"随手在走廊的小黑板上写下：

　　　　勇死寻常事，轻雠不足论。

　　　　翻嫌易水上，细碎动离魂。

　　这是齐己《剑客》诗的后四句，前四句为"拔剑绕残樽，歌终便出门。西风满天雪，何处报人恩"。外公的粉笔书法犹如行云流水，舒卷自如，令我印象殊深。

　　1942 年，外公曾手书辛弃疾这首《贺新郎》，个别词句与通行本稍有不同，"鹈鸩""更那堪"以下二句及"啼鸟还知"句与《白香词谱笺》卷三所引相同，分别作"鹧鸪""杜鹃声住，鹧鸪声切""啼鸟还如知此恨"。"满座衣冠似雪"句，外公书为"如雪"，盖记忆偶疏。

外公的好朋友、与丰子恺先生同时代的美学家朱光潜先生曾说："书画在中国本来有同源之说。子恺在书法上下过很久的工夫。他近来告诉我，他在习章草，每遇在画方面长进停滞时，他便写字，写了一些时候之后，再丢开来作画，发现画就长进。讲书法的人都知道笔力须经过一番艰苦训练才能沉着稳重，墨才能入纸，字挂起来看时才显得生动而坚实……"①

外公写字还有一个特点：朋友求一幅字，一般是一首诗词，例如辛稼轩的《贺新郎》，外公在心中估计一下字数，裁一张宣纸，从上到下打量一下，然后喝一口酒，一口气写下来，总是在最后留下一行或两行题款，一行不多，一行不少。我曾用统计的方法测算外公书法《桃花源记》的行距，发现行距几乎完全相同，仿佛外公在心中建立了一个虚拟的坐标系。

外公年轻时曾练过魏碑，打下了深厚的基础。小姨丰一吟曾对我说：第一个字要大，可以压得住这一篇；每行的头一个字也要大一点，可以压住一行；上面要对齐，下面允许参差不齐，称为"多样的统一"。首先章法要好，宁可个别字差一点。但外公的书法，从章法到每个字都写得极好。

小姨说："提起父亲的书法，必然要提到李叔同先生。教导他音乐、绘画、书法、诗词、文章、外语，等等，正是这位品德高尚、才艺卓著的李叔同先生。"又说李叔同即弘一法师的书法炉火纯青，而丰子恺毕竟只是个居士，他一生热心于艺术教育和艺术理论。他性喜陶渊明的清高，又爱好

---

① 朱光潜：《丰子恺先生的人品与画品》，原载《中学生》，66期，1943。

白居易的通俗。用苏东坡的"端庄杂流丽，刚健含婀娜"来评论外公的书法最为贴切。①

陈从周先生在《丰子恺墨迹》一书的序言中说："丰子恺先生的父亲斛泉先生是举人，又受弘一法师的熏陶，以及马一浮、张宗祥诸前辈的交往感染，他的书法，如行云流水，舒卷自如，秀韵天成。大幅小幅，手稿书札，就像风行水上，摇漾生姿，都仿佛我们造园学上所说'因地制宜''随意安排'。我爱丰先生的书法，从书法中油然而产生对丰先生一切的景仰。"②

---

① 丰一吟:《丰子恺书法》编后记，四川美术出版社，1988。
② 陈从周:《丰子恺墨迹》序，西泠印社出版社，2008。

满江红·金陵怀古

〔元〕萨都拉

六代豪华[1]，春去也、更无消息。空怅望，山川形胜，已非畴昔[2]。王谢堂前双燕子[3]，乌衣巷口曾相识[4]。听夜深、寂寞打孤城，春潮急[5]。

思往事，愁如织。怀故国，空陈迹。但荒烟衰草，乱鸦斜日。玉树歌残秋露冷[6]，胭脂井坏寒螀泣[7]。到如今、只有蒋山青[8]，秦淮碧[9]。

···

注释

[1] 六代：三国吴、东晋和南朝的宋、齐、梁、陈，相继建都建康（吴名建业，今江苏南京），合称为六朝。

[2] 畴（chóu）昔：往日、从前。

[3] 王谢：指东晋望族王氏与谢氏。

[4] 乌衣巷：在今南京市秦淮河南。三国吴时，曾在此设乌衣营，以士兵着乌衣而得名。东晋时王、谢等望族曾在此居住。

[5] 打孤城：孤城谓石头城（今南京）。刘禹锡《石头城》："山围故国周遭在，潮打空城寂寞回。"

[6] 玉树：陈后主曾作《玉树后庭花》曲，后比喻亡国之音。

[7] 胭脂井：隋克台城，陈后主与张丽华、孔贵嫔为避隋

兵，俱投井中。传井栏有石脉，用丝帛擦拭，可见胭脂痕迹，故名。寒螿（jiāng）：寒蝉。

[8] 蒋山：即钟山。汉末秣陵尉蒋子文逐盗，死于钟山，孙吴时为其立庙，封为蒋侯大帝。又因孙权之祖名钟，乃讳改钟山为蒋山。

[9] 秦淮：河名，流经南京。传说秦始皇南巡时，到了龙藏浦，发现有王气，于是凿方山，断长垄为渎入于江，以泄王气，故名秦淮。

··

评述

　　萨都拉（亦作萨都剌），字天锡，号直斋。幼年贫寒，元泰定四年（1327）进士，生于雁门（今陕西代县），有《雁门集》三卷。其诗洒脱俊逸，词悲壮淋漓，后人推为一代词人之冠。历史上，少数民族几次入主中原，大都接受汉文化熏陶，而且在这片肥沃的文学土地上开出了绚丽的花朵，萨都拉便是其中非常出色的一位。元文宗至顺三年（1332），元帝国已日薄西山，此时萨都拉刚调任江南。该词就是在这样的背景下写出的，为金陵怀古题材之名篇。词中写历史盛衰、人事成败，多古今对比，感慨世事繁华到头都如过眼烟云，凄凉满目。山川依旧，而国势将衰，不复往日盛景。曾经的歌舞之地，已是"乱鸦斜日""荒烟衰草"，一片颓败之景。化用刘禹锡《乌衣巷》《石头城》两首写金陵的诗句，又不着痕迹，凄艳哀婉，浑然天成。

金陵怀古

有一年全家去南京旅游，外公让每人背一段有关南京的诗词。我当时读五年级，只会刘禹锡的《乌衣巷》：

> 朱雀桥边野草花，乌衣巷口夕阳斜。
> 旧时王谢堂前燕，飞入寻常百姓家。

小舅和小姨都喜欢萨都拉的"六代豪华春去也"。大舅最有文才，他说还是刘禹锡的《西塞山怀古》好：

> 王濬楼船下益州，金陵王气黯然收。
> 千寻铁锁沉江底，一片降幡出石头。
> 人世几回伤往事，山形依旧枕寒流。
> 从今四海为家日，故垒萧萧芦荻秋。

他特别欣赏"人世几回伤往事，山形依旧枕寒流"这两句。大舅还说当年白居易邀请诗人元稹、刘禹锡、韦楚客谈论南京盛衰旧闻，建议以《金陵怀古》为题做诗。刘禹锡一杯酒喝完，一首《西塞山怀古》就做完了，怀古叹今，意味深长。白居易赞叹："四人探骊龙，子先得珠，所余麟爪何用？"于是罢唱。

萨都拉的这首《满江红》以前我从未读过，也没有听说过这位词客，觉得不像汉人的姓名。旅游回来，我就请教外公。外公对我说萨都拉是蒙古人。元朝中后期许多蒙古人都学汉语和汉文化，萨都拉的诗词写得非常好。外公又说，写诗词一般不能套用古人诗词文章句子，所谓"诗不宜用前人语"，但也不尽然，例如萨都拉这首词就巧用唐人诗句。外公又举一首吴激的《人月圆》。

南朝千古伤心事，犹唱后庭花。
旧时王谢，堂前燕子，飞向谁家。

恍然一梦，仙肌胜雪，宫髻堆鸦。
江州司马，青衫泪湿，同是天涯。

其中一、二句用杜牧的"商女不知亡国恨，隔江犹唱后庭花"；三、四句用刘禹锡的《西塞山怀古》，七、八两句用白居易的《琵琶行》。虽多处借用唐人诗句，但后人称此词"剪裁点缀如天成"。

我到北大物理系读书后，周末有时去看望二舅丰元草，他当时在人民音乐出版社工作，对诗词研究很深，他非常喜欢萨都拉的这首《满江红》。外公听说后，在一张带有浅红点底色的宣纸上写了萨都拉的词送给二舅，我也欣赏过。可惜这件珍贵的书法后来不知流落到何处。近年来我在外公的二十五米长的手书长卷《文人珠玉》①中又看到这幅《满江红》。

---

　　① 丰子恺：《文人珠玉》，第336页，上海译文出版社，2016。

念奴娇·登石头城次东坡韵

〔元〕萨都拉

石头城上[1]，望天低吴楚[2]，眼空无物。指点六朝形胜地[3]，唯有青山如壁。蔽日旌旗[4]，连云樯橹[5]，白骨纷如雪。一江南北，消磨多少豪杰。

寂寞避暑离宫[6]，东风辇路[7]，芳草年年发。落日无人松径里，鬼火高低明灭。歌舞尊前，繁华镜里，暗换青青发。伤心千古，秦淮一片明月。

·····································

注释

[1] 石头城：南京古称，简称石城。战国时楚灭越，依山建城，三国时吴孙权重建改名石头城。

[2] 吴楚：春秋吴楚故地，今长江中、下游一带。

[3] 六朝：金陵城自三国吴始，续有六朝（吴、东晋、宋、齐、梁、陈）于南京建都，因称南京为"六朝古都"。

[4] 旌旗：旗帜的总称，借指军士。

[5] 樯橹：桅杆与船桨。

[6] 离宫：即"行宫"，帝王外巡时居住之所。

[7] 辇路：天子车驾所过之路。

·····································

念奴娇 赤壁怀古

苏轼

大江东去，浪淘尽、千古风流人物。故垒西边，人道是、三国周郎赤壁。乱石穿空，惊涛拍岸，卷起千堆雪。江山如画，一时多少豪杰。　遥想公瑾当年，小乔初嫁了，雄姿英发。羽扇纶巾，谈笑处、樯橹灰飞烟灭。故国神游，多情应笑我，早生华发。人生如梦，一尊还酹江月。

评述

　　萨都拉，其词多怀古之作，本篇亦不例外。所谓"登石头城次东坡韵"，察其各句末字，显然是在向苏东坡《念奴娇·赤壁怀古》致敬。立于石城，发千古幽思。登高望远，眼界阔开，天地悠渺，人如沧海一粟，生出些恐惧敬畏，益发激荡豪情。高处望远，吴楚二地接天，入眼都是大写意，挥毫泼墨，那些秋毫细微之物，就再难入眼。六朝已随时光悠悠远去，带走旌旗喧嚣，万千英豪，唯有青山容颜不改，静坐如初。旧日皇帝避暑的宫殿，早已破败，乱草蓬勃，年年如是，皇帝经过之路也有春风拂过，却再不见人影。眼前的衰草枯杨，落日松径，曾为歌舞场。明媚鲜妍，不能几时，青青秀发瞬息为白雪侵染，秦淮河上的明月也已垂垂老去，徒留叹息。

| 念奴娇双璧 |

　　萨都拉字天锡，姓答失蛮氏，蒙古人。外公说："历史上外族入侵的次数不少，甚至占领了中原，例如元朝和清朝。但少数民族子弟学习汉字汉文化，大都被汉文化所同化，还出了不少才子。萨都拉就是一个例子。"萨都拉从小学习汉文化，是进士出身，有人说："进士萨天锡词，最长于情。"

　　萨都拉的《念奴娇·登石头城次东坡韵》是和苏东坡的《念奴娇·赤壁怀古》的一首佳作，"和"的意思，不但要求词律相同，且韵脚必须与苏词完全一样，例如"物""壁""雪""月"等。外公说萨都拉的这首词比苏东坡的词一点不差，只是他的名气不如苏东坡罢了，东坡词主要写三国时期的赤壁之战，萨都拉则抒发了对六朝古都往事的感慨。外公称这两首词为"念奴娇双璧"。

　　石头城原名金陵，后曾更名石头城，即南京。古人称之为"龙盘虎踞，帝王之洲"。春秋时期范蠡曾在此建城，楚成王认为这里山川宏伟，"埋黄金以镇压"，故称"金陵"。三国时期孙权重修城墙，称"石头城"。诸葛亮曾赞叹："钟阜龙盘，真帝王之宅。"

　　毛主席也很赞赏这首词，在《别了司徒雷登》一文中曾非常恰当地引用萨都拉的句子"石头城上望，天低吴楚，眼空无物"，指的是国共内战时期美国支持蒋介石，最后国民党战败，解放军百万雄师过大江，进入南京。当时美国驻南京的大使司徒雷登并未离开，但他所见到的是，南京政府人去楼空，蒋家王朝已经一败涂地。

垓下歌[1]

〔秦〕项　羽

力拔山兮气盖世，时不利兮骓不逝[2]。
骓不逝兮可奈何[3]，虞兮虞兮奈若何[4]！

注释

[1]　垓（gāi）下：古地名，位于今天安徽省灵璧县南沱河
　　　北岸。歌：是古乐府的一种体裁。
[2]　骓（zhuī）：项羽的宝马，名叫乌骓。
[3]　奈何：怎么办。
[4]　虞：指虞姬，项羽的宠姬。

评述

　　这首《垓下歌》是司马迁在《史记·项羽本纪》中记载的西楚霸王项羽的绝命歌。作罢此歌，项羽就率领少数人突围至乌江，自刎而死。古往今来的读者，都受《史记》影响，肯定此歌的"慷慨激烈"（南宋·朱熹）。此歌开篇即塑造了一位力能扛鼎、心雄万夫的抒情英雄形象。气概，是中国古人评价英雄豪杰的重要标准。纵观项羽起兵江东、逐鹿中原、破釜沉舟、挺进关中、分封天下的事迹，项羽确实气概超群，世人罕匹。然而第二句迅速转折：自己时运不

無面見江東
手長衣袖短

济，被围垓下，无法逃脱。他用坐骑乌骓马无法纵横驰骋来代指自己的被困，最后一句落脚到自己的爱妾虞姬的命运。大势已去，自己尚且朝不虑夕，何况虞姬的性命呢？司马迁没有记载虞姬的下落，但在《楚汉春秋》中记载了虞姬的和歌："汉兵已略地，四方楚歌声。大王意气尽，贱妾何聊生！"似乎暗示了虞姬饮剑楚营的悲惨结局。《太平寰宇记》卷一二八还记载了虞姬的另一种结局："项羽败，杀姬葬此。"英雄悲剧时刻所作的歌辞，其打动人心的力量，亘古弥新。

| 霸王别姬 |

这首项羽的《垓下歌》载于《古唐诗合解》的第一卷，是外公最早教我的诗，在页眉上依稀可见"6.1"，可能是1953年或1954年6月1日，1954年我刚考上上海市复兴中学读初一。

这首诗讲了楚霸王项羽当年带八千江东子弟起兵反秦，后来被刘邦打败，被韩信围困在垓下，四面楚歌，军心涣散，他的爱妃虞姬为他舞剑后自刎的故事。项羽单人匹马败退到乌江，遇见一位船夫愿意渡他过江。但项羽说八千江东子弟只有自己活下来，他"无颜见江东父老"，遂自刎而死。这是一个悲壮的故事。

外公说："霸王别姬，项羽乌江自刎，后人感慨之余，有不同的评论。"外公先给我讲了李清照的诗：

> 生当作人杰，死亦为鬼雄。
> 至今思项羽，不肯过江东。

外公说，女诗人鞭挞南宋朝廷迫害抗金将领，不思进取，偏安一隅，借古讽今，正气凛然。全诗仅二十个字，连用了三个典故，但无堆砌之嫌、慷慨雄健、掷地有声。"人杰"本指萧何、张良、韩信，《史记·高祖本纪》里记载，刘邦把自己与项羽做比较："夫运筹策帷帐之中，决胜于千里之外，吾不如子房；镇国家，抚百姓，给馈饷，不绝粮道，吾不如萧何；连百万之军，战必胜，攻必取，吾不如韩信。此三者，皆人杰也，吾能用之，此吾所以取天下也。项羽有一范增而不能用，此其所以为我擒也。"李清照认为项羽和"汉初三杰"是同一个层次的人才。"鬼雄"典出《楚辞·九歌·国殇》："身既死兮神以灵，魂魄毅兮为鬼雄。""过江东"或"江东父老"本身也成为一个典故。外公也曾画过一幅《无面见江东》，便是借这个典故，但意义完全不同了。

三年后，我考上了复兴中学高中部。有一次，外公又和我们议论唐朝诗人杜牧的《题乌江亭》：

胜败兵家事不期，包羞忍耻是男儿。

江东子弟多才俊，卷土重来未可知。

杜牧认为胜败乃兵家常事，批评项羽胸襟不够宽广，缺乏大将气度。

小姨说，楚霸王和虞姬的故事后改编为京剧《霸王别姬》。上世纪二三十年代，老生余叔岩、青衣梅兰芳和武生杨小楼曾是京剧舞台上的"三大贤"。《霸王别姬》中的虞姬由梅兰芳出演，霸王由杨小楼出演。杨小楼是京剧世家出身，幼年苦练，成年后又遇到"伶界大王"谭鑫培等前辈的培养和提携，成了京剧武生难得的人才。杨小楼的嗓音又亮又脆，声腔激越，有一种声如裂帛的"炸音"。念白抑扬顿挫，韵味十足，加上身材魁梧，是天生的楚霸王。

"七七卢沟桥事变"前，日本已经在冀东有了很大的势力，1936年殷汝耕在通县过生日，举办堂会唱戏。当时梅兰芳先生已经移居上海，所以到北京邀角，看中的就是杨小楼。但任凭给多少包银，杨小楼就是不去。后来梅兰芳到北京去看望杨小楼，劝他"往南挪一挪"，省得将来北京"变色"了找麻烦。杨小楼说："如果北京也怎样的话就不唱了，我这么大的岁数，装病也能装个十年八年，还不就混到死了。"[1]。1937年日本侵略军占领北京。杨小楼从此不再演出，1938年正月死于北京。

舞台上的梅兰芳在日伪统治区蓄须明志，舞台上的杨小楼像《霸王别姬》里的楚霸王那样大气凛然，宁死不唱戏。一代优伶，在日伪面前正气浩然！

当时大家谈得有兴趣，小姨就说："唱一段吧！"外公也特别喜欢京剧，曾两度拜访梅兰芳。为了给京剧迷小姨伴奏，外公曾请梅大师的琴师倪秋平先生教了我大半年的胡琴。记得那一天我操琴为小姨伴奏《霸王别姬》。当时外公、姑外婆（外公的姐姐丰满）都在欣赏，外公的旧居"日月楼"的院里站满了听戏的街坊和路人。

多年后，在我们公司的文艺汇演上我重新操琴，请一位中国戏曲学院毕业的旦角刘鹭唱《霸王别姬》，我为她拉京胡。一开场拉"南梆子"的过门就获得"碰头好"，当虞姬唱到"看大王在帐中和衣睡稳，我这里出帐外且散愁情。轻移步走向前荒郊站定，猛抬头见碧落月色清明"，又是满堂彩。大恒集团的同事们从未知晓我喜欢京剧，大家说："想不到宋总的京胡拉得这样好！"

在如怨如慕、如泣如诉的演唱和伴奏声中，我不禁想起外公和姑外婆早已作古，倪师在"文化大革命"后去了香港，早已失去联系，想想人生真是无常。

---

① 梅兰芳口述，许姬传等整理：《舞台生活四十年——梅兰芳回忆录》，第613—614页，团结出版社，2005。

九里山前作战场[1]

〔明〕民　歌

九里山前作战场[2]，牧童拾得旧刀枪。
顺风吹起乌江水[3]，好似虞姬别霸王[4]。

....

注释

[1] 出自施耐庵《水浒传》第四回，标题是编者拟的。并见
明代杨慎《廿一史弹词》卷七，但全诗文字略有不同：
"九里山前作战场，牧童拾得旧刀枪。乌江流水潺潺响，
仿佛虞姬哭霸王。"杨慎，字用修，号升庵，四川新都
人。明代首辅杨廷和之子，状元、诗人、文学家。

[2] 九里山：在今江苏徐州市区西北，又名九凝山，面积
百余公顷，因东西长九里而得名。此处是刘邦、项羽楚
汉鏖兵的战场，古来是兵家必争之地。

[3] 乌江：指乌江亭，位于安徽省和县东北的乌江浦。楚
汉相争时，项羽在此兵败自刎。

[4] 虞姬：秦末人，项羽宠姬，名虞，一云姓虞。项羽被
围垓下，突围前与虞姬以歌作别。《史记》中未记载虞
姬结局，后世认为自刎于楚营之中。

....

评述

《九里山前作战场》这首民歌是站在追述的立场上，对

牧笛声中送晚霞

楚汉相争的历史遗迹进行凭吊。与杜牧的怀古诗《赤壁》"自将磨洗认前朝"的意象有几分类似，九里山的古战场和乌江亭的遗迹最容易勾起人们对于楚汉风云的深刻记忆，而被牧童随意捡到的旧刀枪，恰好将历史时空与现实时空勾连起来。一阵江风吹起的乌江水花，仿佛也让人能联想到千百年前"虞姬别霸王"的悲壮瞬间。该诗出自《水浒传》第四回，这一回讲述鲁智深为救金老而避难代州雁门县，后受赵员外举荐，在五台山智真长老座下剃度为僧。鲁智深受不了文殊院里的清规戒律，四五个月后偶然下山，在半山亭遇到一个卖酒汉子，口中所唱正是这首民歌："九里山前作战场，牧童拾得旧刀枪。顺风吹起乌江水，好似虞姬别霸王。"此诗一说出自明代杨慎的《廿一史弹词》，作于云南戍所。杨慎一生著作宏富，有百余种。善于编创新诗，咏史怀古类佳作甚多，《三国演义》开篇的《临江仙·滚滚长江东逝水》，也是他的手笔。

| 丰家的"飞花令" |

"飞花令"是古代酒令之一,典出韩翃《寒食》诗中的名句"春城无处不飞花"。行令时,通常先选定一个较常见的字(如"花"),而后大家轮流说出带有这个字的古诗词。我家有个与众不同的"飞花令"。有一次全家逛城隍庙,中午到一家饭店吃饭,在包间点完菜闲坐无事,就让大舅(丰华瞻)先出去,大家商量出一句诗词,记得那次是"九里山前作战场"。而后请大舅进来问问题,大舅随机地选答题人,随便问第一个问题,回答时必须将"九"包含在回答中,还不许"答非所问",记得我就是第一位答题人。回答完大舅想了想,他在琢磨答案中哪一个字有点"牵强嫌疑";接着大舅问第二个问题,回答中必须把"里"字包含进去,听到回答大舅点点头;等到第三个问题回答完,大舅不假思索地说:"九里山前作战场!"大家都笑起来,大舅果然厉害。

这句诗是《水浒传》中引用过的,外公很喜欢,大家也熟悉。外公在《随感十三则》[①]中说:

> 《水浒》中五台山上挑酒担者所唱的歌:"九里山前作战场,牧童拾得旧刀枪……"这两句怪有意味。假如我做了那个牧童,拾得旧刀枪时定有无限的感慨:不知那刀枪的柄曾经受过谁人的驱使?那刀枪的尖曾经吃过谁人的血肉?又不知在它们的活动之下,曾经害死了

---

① 丰子恺:《随感十三则》(三),见丰陈宝,丰一吟编:《丰子恺文集》(文学卷一),第306页,浙江文艺出版社,1992。

多少人之性命。

这种"飞花令"不需要道具，对时间地点没有要求。我们常常在茶余饭后、候车室里、西湖船上的零星时间玩，猜过的诗句记得还有"天上人间""君家何处住""白日依山尽"，等等。其实这并非真正的"飞花令"，大家一面参加这个猜诗词名句的游戏，一面欣赏了古诗词。当然，玩这个游戏需要一张"门票"，那就是必须学过相当多的诗词。

左迁至蓝关示侄孙湘[1]

〔唐〕韩　愈

一封朝奏九重天[2]，夕贬潮州路八千[3]。

欲为圣朝除弊事[4]，肯将衰朽惜残年[5]！

云横秦岭家何在[6]？雪拥蓝关马不前[7]。

知汝远来应有意，好收吾骨瘴江边[8]。

···

注释

[1] 诗歌写于元和十四年（819），韩愈因谏迎佛骨，被贬潮州。诗人经秦岭蓝田关遇到侄子韩老成之子韩湘赶来送别，遂作此诗。韩湘，字北渚，长庆三年（823）进士，官大理丞。后世传为"八仙"中的"韩湘子"。

[2] 一封朝奏：指的是韩愈的名文《论佛骨表》。九重天：指朝廷、皇帝。

[3] 夕贬潮州路八千：潮州，一作"潮阳"，潮阳为潮州治所，今广东潮阳。路八千，约数，言距离之远。

[4] "圣朝"一作"圣明"。除弊事：消除弊端，指的是上奏《论佛骨表》。

[5] "肯将衰朽"一作"岂于衰暮"。残年：晚年，暮年。指韩愈不惜牺牲生命，也要劝阻君王。

[6] 秦岭：陕西南部渭河与汉江之间的山地，中国南北方分界线。主峰太白山终年积雪，极难逾越，所以诗中有"云横秦岭"之说。

［7］蓝关：蓝田关，古代史关中通往南阳盆地的交通要道。韩愈须经此南下潮州。

［8］瘴江：贬所潮州。古代南方瘟疫横行，有"瘴疠之地"的想象，故称瘴江。

....

评述

韩愈（768—824），字退之，河南河阳人，世称"韩昌黎""昌黎先生"，被后世誉为"文起八代之衰，道济天下之溺"。在他的这首诗中，我们可以感受到扑面而来的凛然正气和苍劲悲凉的神韵。如果读过韩愈的名文《论佛骨表》，他犯言直谏的形象就更加凸显。这首诗前四句围绕着"左迁"这个核心主题来写：韩愈向赶来送行的韩湘倾诉，自己刚刚上奏皇帝谏迎佛骨，很快就被贬到边陲小城潮州。君王盛怒，宦海跌宕，变幻莫测。一腔热血想为君王革除弊政，何曾顾及自己的身家性命？预期和效果之间的巨大落差使得韩愈心灰意冷。后四句转向叮嘱侄孙，围绕着题目中的"至蓝关示侄孙湘"展开。韩愈诉说现在自己和侄孙谈话地方的风光：高耸的秦岭白云都只能拦在腰间，回头一望，自己的家乡不见了；然而脚下曲曲折折的山路，却被积雪覆盖，别说是人，便是马都不愿南行。这两句渲染秦岭蓝关一带的山势雪景，饱含着抒情主人公悲凉的意绪，因而成为千古咏雪名句。经过反复渲染和蓄势，情绪终于在末联爆发：韩湘你来的意思我知道，拜托你要在潮州的瘴江边替我收取骸骨。生前交代后事，无尽的感伤之情化作万里收骸的孝亲情境，余韵悠长。韩湘在后世传说中由于拥有了"韩湘子"的名分，故而这首诗反复出现在明清韩湘子题材的小说、戏曲作品中，历久弥新。

| 览胜图 |

"览胜图"是我们在外公家过除夕夜和春节、国庆节这些节日时必玩的游戏。这张图是外公家抗战逃难到萍乡时得到的。对此，小姨丰一吟曾有具体的记叙："我对于萍乡，还有一件事难以忘怀，就是那张'览胜图'。那是一种类似飞行棋。在约一米见方的一张纸的中心写着'萍乡东村萧氏家藏游玩品'。"

我读初中时，为了保护览胜图的原件，又重新复制一份。当时并无复印机，是手写的。外公对我父亲说："慕法的字写得好，你来写吧。"于是由我画图框，父亲用大号的字写每一站的名称，用小号的字写下面的说明，大家看了都称赞字写得好。在这个大家庭里，几位姨妈和舅舅的毛笔字写得都好，大舅的字最好。但我未曾想到父亲的"柳体"毛笔字也写得那么爽利挺秀，骨力遒劲，这才是"书香门第"！惜这份"览胜图"的原件和当年的复制件都找不到了。前几年央视邀请我做节目《传家宝》，让我讲外公的家庭教育，即"课儿"，讲到览胜图，央视专为我复制了一份。

这个游戏相当于现今流行的"大富翁"游戏，供六人玩，六人的身份分别为"词客"（书生）、"羽士"（道士）、"剑侠""美人""渔父"（渔夫）和"缁衣"（和尚）。一些打麻将用的筹子当作钱，一半公用，一半分成六份。记得当时大舅常常做"词客"，大舅妈做"美人"，小舅舅（丰新枚）愿意做"剑侠"。

一开始大家从第一站"劳劳亭"出发，劳劳亭出自李白的诗：

天下伤心处，劳劳送客亭。

春风知别苦，不遣柳条青。

每人轮流掷骰子，掷到几就走几步，每到一处都有名称典故。例如"词客"恰好走到"滕王阁"。

这正是当年王勃写出"落霞与孤鹜齐飞，秋水共长天一色"（《滕王阁序》）的地方，到此"遇六方行，词客免"，如果掷出来不是六，就"罚二仍不行"。常常有待在"滕王阁"好几圈罚了好多钱还没走成的，如"剑侠"恰好走到"易水"：

易水萧萧兮西风寒，壮士一去兮不复返。

这是当年荆轲刺秦王，燕太子丹和高渐离白衣送别荆轲之处，于是"剑侠至此赏三众贺三"：公家赏"剑侠"三个筹子，每人再给"剑侠"三个筹子。"洞庭湖"是"渔父"的福地；"天竺国"是"缁衣"的福地；"美人"到"金谷园"则"赏三众贺三"。这典故出自杜牧的七绝《金谷园》：

繁华事散逐香尘，流水无情草自春。
日暮东风怨啼鸟，落花犹似坠楼人。

这说的是一位殉情的女子绿珠。她是石崇的爱妾，"姿态艳绝"。大将军孙秀向石崇索要绿珠，石崇怒而不从。一日孙秀的兵马到了金谷园楼下。石崇对绿珠说："吾今为尔得罪。"绿珠边泣边说："当效死于官前。"遂坠楼而亡。这样看来其实金谷园并非美人的福地，只是古代推崇女子"从一而终"。

有一站为"尾生桥"，《庄子》记述了古代一位男子尾生的故事："尾生与女子期于梁下，女子不来，水至不去，抱梁柱而死。"尾生和女子在桥下约会，女孩没来，洪水过来了，尾生死守约定，抱柱身亡。李白的《长干行》也曾描述过："常存抱柱信，岂上望夫台。"

这是一个让人动容的故事。如果"词客"走到"尾生桥"而"美人"在后面未到，就得在这里等"美人"经过，"词客"才能继续前行。

和"尾生桥"对应的是"望夫山"，取材自刘禹锡的诗《望夫山》：

> 终日望夫夫不归，化为孤石苦相思。
> 望来已是几千载，只似当时初望时。

望夫石是安徽当涂古迹名，传说妇人伫立望夫日久，化而为石。如果"美人"走到这里，而"词客"未到，要等"词客"到了或经过这一站，"美人"才可继续前行。

还有一站"蓝关"，注明"陕西—韩愈"，显然取自诗人的那首"云横秦岭家何在"。下面有规定："过者遇四方行，到者遇幺方行，羽士免。"就是说在蓝关前面的人必须掷到"四"才能经过，碰巧走进这一站的人必须掷到"幺（一）"才能出去，唯"羽士"可以直接经过。过了"蓝关"就快到终点，大功告成了。"蓝关"确是一道"难关"，常常掷了好多回也过不去。记得有一次，瞻娘舅本来是走得最快的，到"蓝关"后怎么也过不去，被小舅和别人超过。瞻舅抱怨说："难怪韩愈讲过'雪拥蓝关马不前'了。"说完他索性坐到沙发上去喝咖啡了。

皇甫冉有一首《春思》：

> 莺啼燕语报新年，马邑龙堆路几千。
> 家住层城临汉苑，心随明月到胡天。
> 机中锦字论长恨，楼上花枝笑独眠。

为问元戎窦车骑，何时返旆勒燕然。

　　瞻娘舅和小娘舅曾模仿皇甫冉的《春思》，做过一首打油诗，我现在只记得其中四句：

莺啼燕语报新年，复旦陕南路几千。
牌中发白论长乐，图上蓝关笑独眠。

当时大舅在复旦大学教英语，外公家在陕西南路。"图上蓝关笑独眠"指的是在览胜图上"蓝关"一站出不来。"牌中发白"指的是麻将牌中的"发财"和"白板"。

　　还有一站"不语滩"，到这一站不许说话，大家都逗他，一旦开口说话就"罚一回原位"。此外还有"岳阳楼""醉翁亭""桃叶渡""三峡"等，都是地名和名胜古迹，都有典故和美丽的诗词。"桃花源"标有"渔父至此纳一，与词客会此各纳二"，讲的显然是《桃花源记》，故事的主角是"渔夫"，而写这一名篇的文人陶渊明自然也是功不可没。

　　哪位第一个到终点"长安市"，就分一半公家的筹子。大家一面玩，一面欣赏、交流游戏背后的典故和诗词，相比之下，输赢一点都不重要。

　　我们玩"览胜图"时，外公常坐在沙发上喝酒，替我们高兴，为我们着急。或吟诵着诗词在厅里面走来走去。记得有一次他吟诵的是李白的诗《登金陵冶城西北谢安墩》，其中有两句："功成拂袖去，归入武陵源。"

　　有时外公买了糖果点心回来，大家一面"复盘"，议论谁的运气好谁倒霉，一面吃糖果。背诗词本来是颇为乏味之事，但在外公家里，我们在游乐之中充分享受着诗词的化育。

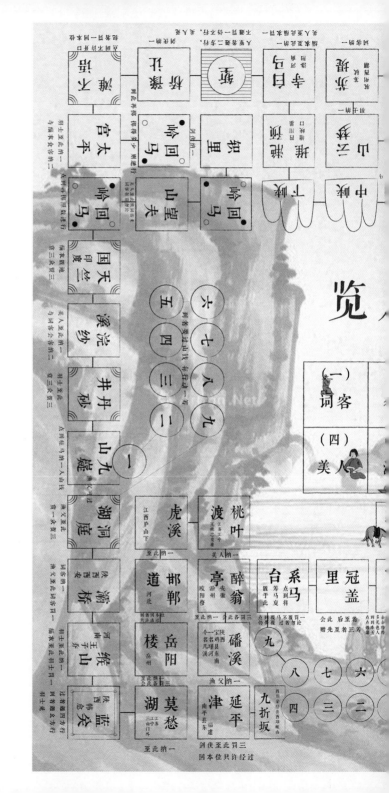

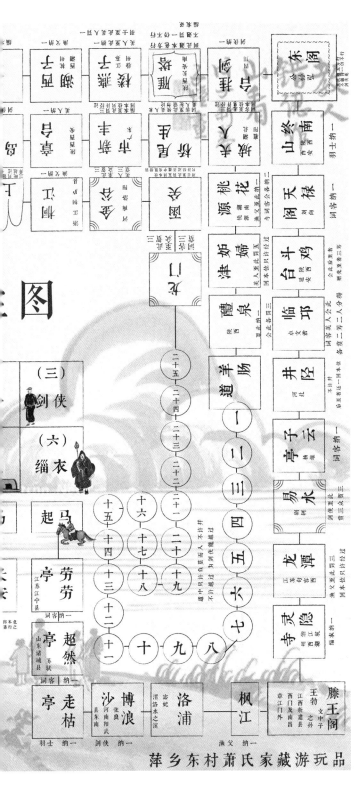

二

画中有诗

千秋岁·咏夏景

〔北宋〕谢　逸

楝花飘砌[1]，蔌蔌清香细[2]。梅雨过，萍风起，情随湘水远，梦绕吴峰翠[3]。琴书倦，鹧鸪唤起南窗睡。

密意无人寄，幽恨凭谁洗。修竹畔，疏帘里，歌余尘拂扇，舞罢风掀袂[4]。人散后，一钩淡月天如水。

注释

[1] 楝花：楝树的花，淡紫色。

[2] 蔌（sù）蔌：形容花落的声音。

[3] 吴峰：浙江一带的山峦。湘水、吴峰，代指遥远的山水。

[4] 袂（mèi）：衣袖。

评述

谢逸（1068—1113），字无逸，号溪堂，北宋临川（今属江西）人。多次落榜，常以诗文自娱，著有《溪堂词》。性情简素，尤喜蝴蝶，曾写过上百首蝴蝶诗，颇多佳句，因有"谢蝴蝶"之雅称。这首词幽静雅致。上阕写楝花、梅

人散后，一钩新月天如水。

雨、清风、鹧鸪，摹状夏日特有的寂静，手倦抛书，慵懒地睡个午觉，伴随鹧鸪声声，惬意何如！下阕以意起，情深无人可知，幽愤无处可诉。修竹疏帘，轻歌曼舞，任凭那风儿与衣袖缠绵。歌舞终了，不经意抬头，见一钩淡月悬空，银河似水如练，天地澄明。如同丰先生第一幅公开发表的漫画作品《人散后，一钩新月天如水》，满纸恬淡，意趣悠远。

| 子恺漫画 |

1922年初秋，外公赴浙江上虞白马湖春晖中学任教，全家住在"小杨柳屋"，与他的老师夏丏尊，朋友匡互生、刘薰宇、朱自清、朱光潜、刘淑琴等形成近代文学史上著名的"白马湖作家群"。

1924年，郑振铎先生在上海主编《文学周报》期间，一天偶然从他的好友朱自清和俞平伯所办的刊物《我们的七月》上看到了一幅署名"TK"（"子恺"英文字头，外公的笔名）的画，题为《人散后，一钩新月天如水》，这幅画立即引起郑振铎的注意，后来郑振铎在文章中描述最初看到这幅画的感受："虽然是疏朗的几笔墨痕，画着一道卷上的芦帘，一个放在廊边的小桌，桌上是一把壶，几个杯，天上是一钩新月，我的情思却被他带到一个诗的仙境，我的心上感到一种说不出的美感。较之我读谢无逸的那首《千秋岁》为尤深。"[①]

正好那时，郑振铎主编的《文学周报》经常需要一些插图，于是郑振铎便向朱自清打听此画作者"TK"其人。原来"TK"名叫丰子恺，是朱自清的同事，同在白马湖畔的春晖中学教书，于是辗转找到了丰子恺。

后来，郑振铎和叶圣陶、胡愈之一起去选画，带走了丰子恺所有的画作。从此，"TK"（子恺）的画便经常发表在他主编的《文学周报》上。郑振铎把这些画作冠之以"漫

---

① 杨子耘、马永飞、宋雪君：《星河界里星河转——丰子恺和他的朋友们》，第75页，上海文化出版社，2019。

画"，从此，中国才有了"漫画"的名称。郑振铎说："……当我坐火车回家时，手里夹着一大捆子恺的漫画，心里感着一种新鲜的、如同占领了一块新高地般的愉悦。"不久，丰子恺的第一本漫画集《子恺漫画》出版了，中国的画坛从此有了漫画。为这本漫画集作序的阵营庞大，有郑振铎、夏丏尊、丁衍镛、朱自清、方光焘、刘熏宇，由俞平伯写跋。

> 一个人须先是一个艺术家，才能创造真正的艺术。/他（丰子恺）的画极家常，造景着笔都不求奇特古怪，却于平实中寓深永之致。他的画就像他的人。　（朱光潜）

> 我们都爱你的漫画有诗意，一幅幅漫画，就如一首首小诗。　（朱自清）

> 艺术家的生命是艺术，艺术的生命是趣味，漫画是趣味中趣味的艺术。　（丁衍镛）

> 我不曾见过您，但是仿佛认识您的，我早已有缘拜识您那微妙的心灵了。所谓漫画，在中国实是一创格；既有中国画风的萧疏淡远，又不失西洋画的活泼酣恣。虽是一时兴到之笔，而其妙正在随意挥洒。一片片的落英都含蓄着人间的情味。　（俞平伯）

《人散后，一钩新月天如水》，取自谢无逸的词《千秋岁》，以疏朗的笔调画出意境的高远，赢得大家的赞赏。然而在欣赏这幅画的同时，不少朋友还提出这幅画有一个"美丽的错误"，画家把新月的方向画反了。更多读者为画家辩护：丰子恺是艺术家不是科学家，艺术作品在科学上应当允许不严谨。

几年前我到国家天文台作报告《外公丰子恺——漫画艺

术与人生》，在会后的讨论之中，著名的天文学家陈建生院士、苏洪钧（曾任紫金山天文台副台长）、邹振隆（国家天文台学术委员会主任）、胡景尧、邱育海等对我说，经过他们考证，画家画对了！在白马湖，朋友见面，喝茶长谈，席终人散，此时已过半夜，升起的一钩新月，正是你外公丰子恺画的样子，新月的方向没有反。谢无逸所谓的"新月"也应当是半夜升起的新月。丰子恺不是科学家而是艺术大师，他对生活有深入准确的观察，是不会错的。天文学家一锤定音：丰子恺的新月画对了！

少年行^[1]

〔唐〕王　维

新丰美酒斗十千^[2]，咸阳游侠多少年^[3]。
相逢意气为君饮，系马高楼垂柳边。

....

注释

[1]《少年行》：乐府古题，这是王维早年所作的组诗中的
　　第一首。

[2]新丰：陕西临潼东北，出产美酒。斗十千，指酒价
　　十千一斗，语出曹植《名都篇》"美酒斗十千"，唐人诗
　　中多引之以谓美酒价值万贯。

[3]咸阳：秦代都城咸阳，在今陕西西安市北，唐代人多
　　借以指代首都长安。

....

评述

　　王维既是唐代杰出的诗人，又是画家、音乐家。苏轼对
他的诗和画有一个著名的评价："诗中有画，画中有诗。"丰
子恺先生从王维这首《少年行》中获得艺术灵感，创作了漫
画名作《相逢意气为君饮，系马高楼垂柳边》。一千三百年
前的一首小诗，竟然几乎包蕴了丰氏漫画的全部要素。王维
诗作内涵的丰沛隽永与丰子恺漫画的"感觉的心象"，都达

到了艺术的玄妙境界。王维的《少年行》其一以汉代唐，描写了长安附近的游侠纵酒放歌、意气相投的生活画面。诗歌突出了"少年"的身份特征。一群游侠正值青春年少，满腔热血，矢志报国。出入酒楼，千金换美酒，就是为了与偶然相逢的意气相投的侠客订交，立功边塞，共赴国难。这组《少年行》后三首从军、战阵及归来的场景都建立在第一首描写少年游侠高楼饮酒的基础上。没有这一首，为国征战的勇士形象也就没有了鲜明的个性与灵魂。林庚先生从《少年行》等诗作中概括出了盛唐诗歌的"少年精神"，说明王维对少年游侠的描摹不仅是他自己的得意之作，还代表了盛唐时代昂扬向上的精神意趣。

┃ 画中有诗 ┃

在《艺术的鉴赏》《中国画的特色》等文中外公曾说过，鉴赏艺术时，除感觉作用以外，又起一种想象作用。感觉作用只是诗句或色彩、形、线等直接印于人们脑中的一种感觉。想象作用则是因了诗句或画图而在眼前浮现出活跃的实景来。外公称这现象名为感觉的心象（sensory image）①。即经过了第一的理智作用，第二的感觉作用以后，诗中或图中所描写的事物的姿态、音容，活跃于心中，仿佛于眼前。苏东坡说过，王维之诗，"诗中有画；观摩诘之画，画中有诗"②。所谓"诗中有画，画中有诗"，便是感觉的心象的作用。名画杰作，往往使观者觉得好像身入画境。

外公还说过："画中有诗，其实可以认为是中国画的一般的特色，中国画因为有'诗趣''诗意'，一切便协调起来，生动起来。"例如韦庄的《春日游》：

春日游，杏花吹满头。陌上谁家年少足风流？

妾拟将身嫁与一生休。纵被无情弃，不能羞。

外公用这首词的头两句作画题，画了一幅大家喜爱的名画。

著名的红学家俞平伯曾这样评价外公的画："以诗题作画料，自古有之；然而借西洋画的笔调写中国诗境的，以我

---

① 丰子恺：《艺术的鉴赏》，见丰陈宝，丰一吟编：《丰子恺文集》（艺术卷一），第17页，浙江文艺出版社，浙江教育出版社，1992。

② 丰子恺：《中国画的特色》，见丰陈宝，丰一吟编：《丰子恺文集》（艺术卷一），第34页，浙江文艺出版社，浙江教育出版社，1992。

所知尚未曾有。有之，自足下始。"著名画家、中央美院院长丁衍镛说："子恺君的漫画，充满了诗和歌的趣味。"《子恺漫画》传到印度，印度的著名诗人泰戈尔更有高度的评价："丰子恺的漫画是诗与画的具体结合，也是一种创造。高度艺术所表现的境地，就是这样。"

外公曾画过一幅著名的漫画《相逢意气为君饮，系马高楼垂柳边》，画题取自王维的《少年行》。这幅画既有飘逸的杨柳，柳树下安静地吃草的马，有远山、河流，还有在楼台上对饮的朋友，丰氏风景画的元素几乎全部具备，是一幅著名的漫画。

2009年我应邀到澳大利亚珀斯一所大学去做学术报告，会议结束后，我送了一幅自己画的仿丰画《相逢意气为君饮，系马高楼垂柳边》①给校长。他说宋教授你先不要翻译，我来猜一猜这幅画的内容。他说的居然八九不离十，他说："你外公的画，即使没有翻译我们外国人也差不多能看懂。"最后，我的这幅画被挂在学校艺术中心正中的位置。我也当了这所大学的客座教授。

外公前后出版过多种版本的《画中有诗》和《诗中有画》，也曾用《古诗新画》的书名多次再版。前期的画大部分是黑白画，到抗战前后才演变成彩色画。近年来，《子恺漫画精品集》由桐乡市的档案部门出版，制作精美，色彩还原非常好，是丰子恺漫画集的精品。

---

① 外公去世后，仿外公漫画风格的画作（"仿丰画"）不少，小姨丰一吟规定：凡是仿丰子恺的画，必须盖一个图章。她的"仿丰画"盖的章是"仿先父贵墨"，我的章是"仿外祖遗墨"。

长干行[1]

〔唐〕李　白

妾发初覆额，折花门前剧。

郎骑竹马来，绕床弄青梅[2]。

同居长干里，两小无嫌猜。

十四为君妇，羞颜未尝开[3]。

低头向暗壁，千唤不一回。

十五始展眉，愿同尘与灰[4]。

常存抱柱信，岂上望夫台。

十六君远行，瞿塘滟滪堆[5]。

五月不可触，猿鸣天上哀。

门前迟行迹，一一生绿苔。

苔深不能扫，落叶秋风早。

八月蝴蝶黄，双飞西园草。

感此伤妾心，坐愁红颜老。

早晚下三巴，预将书报家[6]。

相迎不道远，直至长风沙[7]。

....

注释

[1] 长干行：古乐府《杂曲歌辞》调名。这首是李白的名作。

[2] 门前剧：门前游戏。竹马：儿童置于胯下当马骑的竹竿。

[3] 长干里：位于今江苏南京市，南朝时船民聚居之地。

[4] 展眉：眉开眼笑。

[5] 抱柱信：典出《庄子·盗跖》，尾生与女子相约于桥下，女子未至，忽然水涨，尾生守信不离，终于抱着柱子淹死；滟滪堆，长江瞿塘峡口江心的一块巨石，涨水之时船只容易触礁沉没。

[6] 三巴：指巴郡、巴东、巴西。

[7] 长风沙：地名，在今安徽安庆长江边。

评述

　　《长干行》是乐府古题，许多诗人都曾写过同题诗歌，较为著名的有李白和崔颢两位。李白的这首《长干行》以一位居住在长干里的女子的口吻，追忆了自己与丈夫从两小无猜，到成婚，再到分离思念的全过程。这首长诗最为人称道的是"郎骑竹马来，绕床弄青梅"的名句。诗人用一个孩童戏耍的游戏场景，将男女主人公从小一起玩耍，毫无嫌隙的童年时光进行了艺术化地浓缩与再现。"骑竹马"与"弄青梅"，看似是两个主人公孩提时代的无心游戏，实则隐喻了二人今后的婚配生活。这一经典场景被创造出来，成为中国文学中形容男女朦胧恋情的最美意象之一，引发了无数读者的共鸣。同时，也应该注意，如果将女子此后对于婚姻生活聚少离多的追忆，甚至伤春悲秋结合来看，青梅竹马的美好生活便更显得短暂与珍贵。成人世界的种种无奈使得人们不可避免地陷于分离，而长大后的离别之苦又让人更加珍视青梅竹马往昔岁月，两小无猜的绚烂童年。从这个意义上说，这首《长干行》用整首诗的铺排渲染，烘托了青梅竹马这两句诗眼的美好意蕴。

| 郎骑竹马来，两小无嫌猜 |

外公的文学功底非常丰厚，许多古文诗词的名句自然而然成了《子恺漫画》的画题。例如李白的《长干行》中有两句："郎骑竹马来，绕床弄青梅。同居长干里，两小无嫌猜。"这本是"青梅竹马、两小无猜"的出处，到外公笔下，就是两幅童趣十足的画。

记得上复兴中学初中时我们班有一位女同学活泼、漂亮，我们一起演《小苍蝇是怎样变成大象的》等话剧。过年过节，她还到我们家，约我一起去同学家玩。读初二时，班主任、语文老师田颖看到我们两个常常同演节目，就半开玩笑地说："青梅竹马，两小无猜。"这位女同学红着脸对老师说："田老师您可别这么说！"当时我还没有反应过来，直到向外公学了李白的《长干行》，才明白了点什么。可惜她没有考上复兴中学高中，我们之后就很少联系了。

后来我考上北大物理系，她考上复旦物理系。北大是六年制，刚毕业赶上"十年动乱"。我曾到上海，去复旦大学看望她，不但没有见到她，还看到一张巨幅的大字报"打倒胡守敬反革命集团女干将"。

改革开放后，听说她去了美国。我曾去美国当访问学者，担任大恒集团副总裁后，也多次带队去美国参展、开展业务合作，问起在美国的中国朋友和学生，却再也没有这位女同学的消息。她留给我的，只是当年那位活泼可爱的少女的形象。

回忆读初中的时代，心中总有一种说不清的滋味，就想起了石孝友那首著名的《浣溪沙集句》：

宿醉离愁慢髻鬟（韩偓）

绿残红豆忆前欢（晏几道）

锦江春水寄书难（晏几道）

红袖时笼金鸭暖（秦观）

小楼吹彻玉笙寒（李璟）

为谁和泪倚阑干（李璟）

菩萨蛮·雨晴夜合玲珑日

〔唐〕温庭筠

雨晴夜合玲珑日[1]，万枝香袅红丝拂[2]。
闲梦忆金堂[3]，满庭萱草长[4]。

绣帘垂箓簌[5]，眉黛远山绿。
春水渡溪桥，凭栏魂欲销。

....

注释

[1] 夜合：合欢花别名。

[2] 香袅：香味缭绕。红丝：指合欢花的花蕊，其蕊多条，
状貌呈丝状。

[3] 金堂：华丽的厅堂。

[4] 萱草：多年生宿根草本，古人称为忘忧草。

[5] 箓簌：流苏样的下垂穗子，装饰品。

....

评述

温庭筠（约812—870），原名岐，字飞卿，晚唐太原
人。少有才名，好讥讽权贵，屡试不第。唐宣宗大中初年，
举进士，历官方城尉及国子助教。词作多写闺怨，缠绵悱
侧，与李商隐并称"温李"。后蜀赵崇祚所编《花间集》，首

列温词，此后大都尊温为"花间派"创始人。有明人所辑《温飞卿集》九卷。该词历来被目为闺怨之作，先写雨后初晴，阳光下，雨水冲刷后的合欢明艳灼目，香味缭绕。继而切入梦境，忆昔欢声笑语，梦中满庭都是让人忘忧的萱草。随即转入眼前实景，垂帘后面隐映眉如远山的姣好面容。凭栏远眺，见桥下溪水潺潺，神魄也为之摇荡。

| 温韦小令和花间词客群 |

外公说:"唐五代的词客善写'小令',就是词句少的短词,如王建的《调笑令》:'团扇,团扇,美人并来遮面。'韦庄的《思帝乡》:'春日游,杏花吹满头。'"曾有人(赵崇祚)辑《花间集》六十六首,其中温庭筠、韦庄的词居多。《花间集》大部分为艳情之作,细腻地描写男女情爱,以婉约之笔抒写爱恨离别。

母亲特别喜欢温飞卿(庭筠)的"春水渡溪桥,凭栏魂欲销"两句。外公曾在扇面上书写温飞卿的三首《更漏子》:

更漏子·其一(温庭筠)

柳丝长,春雨细,花外漏声迢递。惊塞雁,起城乌,画屏金鹧鸪。香雾薄,透帘幕,惆怅谢家池阁。红烛背,绣帘垂,梦长君不知。

其二

星斗稀,钟鼓歇,帘外晓莺残月。兰露重,柳风斜,满庭堆落花。虚阁上,倚栏望,还似去年惆怅。春欲暮,思无穷,旧欢如梦中。

其三

玉炉香,红蜡泪,偏照画堂秋思。眉翠薄,鬓云残,夜长衾枕寒。梧桐树,三更雨,不道离情正苦。一叶叶,一声声,空阶滴到明。

这把扇子是外公写了字让大家随便用的。我记得外公的扇面书法风格平和自然,笔势委婉含蓄、舒展自如,可惜这把扇子找不到了，如果还在，其艺术价值真的不可估量。

温飞卿还有一首"家临长信往来道"，也是母亲非常喜欢的。小姨丰一吟晚年时，和我议论古诗词，她也十分欣赏温庭筠的这首《玉楼春》：

家临长信往来道，乳燕双双拂烟草。
油壁车轻金犊肥，流苏帐晓春鸡报。

笼中娇鸟暖犹睡，帘外落花闲不扫。
衰桃一树近前池，似惜红颜镜中老。

五代时期君臣文学水平不低。著名的花间集词客、南唐冯延巳曾有"风乍起，吹皱一池春水"的名句。南唐中主李璟（李后主之父）也是著名的词客，曾写过"细雨梦回鸡塞远，小楼吹彻玉笙寒"的佳句。君臣以诗词开玩笑，李璟说："吹皱一池春水，干卿何事？"冯延巳从容回答："安得如陛下'小楼玉笙寒'？"君臣们不会理国，只会填词、寻欢作乐，最终导致亡国，被后人诟病。

我曾问过母亲，温飞卿的词是否就这一种婉约的风格，她说唯一的例外就是他的那首《过陈琳墓》：

曾于青史见遗文，今日飘蓬过此坟。
词客有灵应识我，霸才无主始怜君。

石麟埋没藏春草，铜雀荒凉对暮云。
莫怪临风倍惆怅，欲将书剑学从军。

　　温飞卿借凭吊古人，让怀才不遇的情绪溢于诗句中。母亲说看了这首诗觉得作者换了个人，完全不是缠绵悱恻的温飞卿了。外公说："诗言志，李后主早期的作品也和韦、温的风格相同，直到亡国之后，才有'问君能有几多愁、恰似一江春水向东流'这样的名句"。王国维说："词至李后主而眼界始大，感慨遂深。"

望江南·江南柳

〔北宋〕欧阳修

江南柳，花柳两相柔。花片落时粘酒盏[1]，柳条低处拂人头，各自是风流。

江南月，如镜复如钩。似镜不侵红粉面[2]，似钩不挂画帘头[3]，长是照离愁[4]。

注释

［1］酒盏：小酒杯。

［2］红粉：旧时妇女化妆用的胭脂和铅粉，后代指美女。《古诗十九首·青青河畔草》："娥娥红粉妆，纤纤出素手。"

［3］画帘：绘满画饰的帘子。

［4］长是：老是，经常。离愁：离别的愁思。

评述

　　这首词咏叹千古母题离愁，别有意境。以月柳分说。古人送别多折柳相赠，望月怀乡也是中国人绵延千年的文化特质。花柳长街，置办酒席，为友人饯行，纵酒狂歌，大哭大笑，许是惊动了花片、柳枝，它们也不舍吧，花瓣也奋不顾身，飘忽落进酒盏，粘在杯沿，浸入酒中。那柳树也学了人

的模样，轻抚着互道珍重人的头顶。诗人词人的心多敏感啊，怎么能受得了这种轻柔，就真觉得那柳枝也是感通天地间情感的，眼泪就扑簌簌掉下来。下阕取了月亮圆缺两个端点，以镜、钩两个比喻，写作者内心的敏锐察觉，月亮虽似镜，却不能真的映出美人脸，如钩，却不能真的挑起画帘头。到头来，月亮不过是心里的一点念想，月光播撒，照出的也只是人心里的离愁别恨罢了。

| 风流和尚 |

记得有一年外公、小姨、小舅、我母亲带我一起去杭州游览。在火车上外公教了我们欧阳修的《望江南》。到了杭州，住进旗下（即湖滨）的一个旅馆，在杭州大学教数学的二姨（丰宁馨）到旅馆，我们叫了一只西湖游船，游西湖欣赏风景。当时正是阳春四月，苏堤上一株桃花间一株翠柳，活脱就是"江南柳，花柳两相柔。花片落时粘酒盏，柳条低处拂人头"。

外公说，欧阳修是唐宋八大家之一，诗文俱佳，他写的"柳外轻雷池上雨，雨声滴碎荷声"（《临江仙》）、"当路游丝萦醉客，隔花啼鸟唤行人"（《浣溪沙》）、"庭院深深深几许"（《蝶恋花》）等都是旷世名句。

那天中午在楼外楼吃饭，下午到湖心亭喝茶，一直游到夕阳西下。晚上一弯新月升起来，在杭州大学教数学的软娘姨（丰宁馨）又提起欧阳修的《生查子·元夕》

去年元夜时，花市灯如昼。月上柳梢头，人约黄昏后。
今年元夜时，月与灯依旧。不见去年人，泪湿春衫袖。

大家都说描写情侣约会，欧阳修的"月上柳梢头，人约黄昏后"写得最好。欧公的词和外公的画相配，是真正的"画中有诗，诗中有画"。

晚上在旅馆，小舅和我对外公说："没心想（家乡话，即'没意思'），讲故事！讲故事！"大家即刻围拢来。外公说："有一个。"就没下文了。这是外公讲故事的风格，让大家猜猜故事的主人公是什么人。

小舅立刻问："和尚？尼姑？师姑（道姑）？"这次小舅猜对了，外公的故事果然讲的是一位和尚，名叫"江南月"，听听名字就够风流的。这位年轻和尚和一位女子私通，被女子的家人发现，扭送到县衙门。和尚说自己只是欣赏小姐美貌，与小姐并无私情。县官还是要重判，和尚不慌不忙地说："死则死尔，尚容一诗。"县官同意了，就让和尚念诗：

江南月，如镜复如钩。似镜未临红粉面，似钩不展翠眉羞，空自照东流。

我们大家一听都击节称赞，这和尚巧用欧阳公的《望江南》，含蓄而又深情。外公又让大家猜县官的判决。妈妈和两位姨妈都说"令还俗"，让这对有情人终成眷属。外公说大家没猜对，县官让手下人抬进一个事先备好的竹笼，也吟诗一首：

江南竹，巧匠做为笼。借与吾师藏法体，碧波深处伴蛟龙。方知色是空。

就把风流和尚放在竹笼中沉到河底去了。大家听了都骂县官不近人情。当然故事是编的，不过和尚与县官的《望江南》写得都有趣。

破阵子·春景

〔北宋〕晏　殊

燕子来时新社[1]，梨花落后清明。池上碧苔三四点，叶底黄鹂一两声，日长飞絮轻。

巧笑东邻女伴[2]，采桑径里逢迎。疑怪昨宵春梦好，元是今朝斗草赢[3]，笑从双脸生。

注释

[1] 新社：指春社，春分前后祭祀土地神。
[2] 巧笑：面容姣好。《诗经·硕人》："巧笑倩兮，美目盼兮！"
[3] 斗草：中国古代民间流行的一种游戏。

评述

晏殊（991—1055），字同叔，抚州临川人。曾有神童名，官至集贤殿学士，生平详《宋史》本传。《四库全书总目》中《珠玉词》提要，称"殊赋性刚峻，而词语特婉丽"。相比这首清新婉丽的《破阵子》，晏殊词给读者印象更深的反倒是"可奈光阴似水声""无可奈何花落去"等慨叹时光流逝的悲戚之作。大概，越能写悲戚文章的作家，也更能把

握时光洪流中的那些安谧静美。这首词就是如此。春分祭祀土神的时候，燕子飞来了，梨花婆娑了千树万树后也就到了清明，万物萌动。听那一两声啼叫，黄鹂一定窝在那片树叶下面。瞧那池上的两块石头，影影绰绰的三两点青苔，已悄悄爬了上去。幽静的小土路上，团团柳絮在轻风里往来翕忽，时间好像都忘了赶路，一梦悠长。邻居家那位姑娘长得真好看呀！在那条采桑的路上不期而遇。难怪我昨天睡得那么好，原来是预示我今天斗草要赢，可开心了。读大晏的词，很害怕碰到时间，那些句子无不动人心魄。这首词却一反常态，写燕子、梨花、碧苔、黄鹂、柳絮，这也本是稍纵即逝的短命之物，后面也写到了时间，但作者没有跳出来，而是完全沉浸其中，那种快乐单纯起来，也就没了时光飞逝的忧虑，觉得"日长"了。

｜ 似曾相识燕归来 ｜

　　词发展到北宋初期，词客的作品还是以小令为主，著名的词客包括欧阳修、大晏（晏殊）和小晏（晏几道）等。外公说，欧阳修的《采桑子·西湖念语》十首写尽了西湖的风景和人物，他的《朝中措》"平山栏杆倚晴空，山色有无中"、《生查子》"月上柳梢头，人约黄昏后"是传世名句。他还写过《蝶恋花》：

　　庭院深深深几许，杨柳堆烟，帘幕无重数。玉勒雕鞍游冶处，楼高不见章台路。

　　雨横风狂三月暮，门掩黄昏，无计留春住。泪眼问花花不语，乱红飞过秋千去。

　　晏殊历经宋真宗、宋仁宗两朝皇帝，正值河清海晏、政权巩固、经济繁荣的年代。晏殊少年及第，做到右谏议大夫、集贤殿学士、同平章事兼枢密使、兵部尚书这样的高官。晏殊知人善任，选贤任能，他庭前有一副对联：

　　门前桃李重欧苏
　　堂上葭莩推富范

　　"欧苏"指欧阳修、苏轼，"富范"指富弼、范仲淹。范仲淹、孔道辅、韩琦、富弼、欧阳修、宋祁等人均被重用。

　　晏殊仕途平顺，身居高位，他的令词承袭了温、韦之风，雍容华贵、清新雅淡，又不失含蓄委婉、意趣横生的艺术风格，例如他的《破阵子》："燕子来时新社，梨花落后清明。"后人说："晏元献（晏殊）尤喜江南冯延巳歌词，其所自作亦不减延己。"晏殊词的风格也属于《花间集》。他曾写过一首《浣溪沙》：

> 一曲新词酒一杯，去年天气旧亭台。夕阳西下几时回？
> 无可奈何花落去，似曾相识燕归来。小园香径独徘徊。

其中的"无可奈何花落去，似曾相识燕归来"妙语天成，成为千古名句。

他的幼子晏几道（晏小山）人称"小晏"。有一次我和外公、母亲一起议论"大晏"和"小晏"。记得外公说："晏几道有点像是贾宝玉。"晏几道少年时乃是风流倜傥的富贵公子，"金鞍美少年，去跃青骢马。牵系玉楼人，绣被春寒夜"。（晏几道《生查子》）随着父亲过世，家道中落，但晏几道依旧生性高傲，不慕势利，因而仕途很不得意，一生只做过颍昌府许田镇监等小吏。

母亲称赞"小山词真而痴"。母亲曾说，对于公子王孙、文人墨客而言，歌妓们只是供寻欢作乐的玩偶，但晏几道却不同。晏几道对歌妓们的欣赏、爱慕，充满了真挚、深婉、执着的情感，例如他的《临江仙》：

> 梦后楼台高锁，酒醒帘幕低垂。去年春恨却来时，落花人独立，微雨燕双飞。

记得小苹初见，两重心字罗衣。琵琶弦上说相思，当时明月在，曾照彩云归。

小山词常常道及梦境，有时甚至近痴带狂（《鹧鸪天》）：

彩袖殷勤捧玉钟，当年拚却醉颜红。舞低杨柳楼心月，歌尽桃花扇底风。

从别后，忆相逢，几回魂梦与君同。今宵剩把银釭照，犹恐相逢是梦中。

他的另一首《鹧鸪天》：

小令尊前见玉箫，银灯一曲太妖娆。歌中醉倒谁能恨？唱罢归来酒未消。

春悄悄，夜迢迢。碧云天共楚宫遥。梦魂惯得无拘检，又踏杨花过谢桥。

后人称此词乃"鬼语也"！也就是说晏小山是"词仙"，这样的词作常人无论如何也写不出来。

外公说过："令词到晏几道就算写到头了。"外公又说："晏小山之后呒得人（石门地方语，意即'没有人'）再写小令。"这里可能有两重含义，一是晏几道的词令人掩卷改容、不忍卒读，别人再也写不出那样的词作；二是令词从温、韦、李后主到大晏、小晏、欧阳修，差不多发展到头了，没有余地了。小令的句子不够多，词客发挥的空间有限，已经不足以表达日益丰富的生活和多元化的场景，满足不了多层次特别是"市民"阶层对文化艺术的需求了。

从柳永写长调开始，到苏东坡、辛弃疾等把建功、立业、雄伟、浪漫写到词中，彻底结束了温、韦的小令时代。

渔家傲·秋思

〔北宋〕范仲淹

塞下秋来风景异[1]，衡阳雁去无留意[2]。四面边
声连角起[3]，千嶂里[4]，长烟落日孤城闭。

浊酒一杯家万里，燕然未勒归无计[5]。羌管悠悠
霜满地[6]，人不寐，将军白发征夫泪。

注释

[1] 塞下：边塞。

[2] 衡阳：湖南有南岳衡山，衡山之南，称为衡阳。

[3] 边声：边塞号角声。

[4] 千嶂：重叠、高险如屏障的山峦。

[5] 燕然句：山名，即今蒙古国境内杭爱山。勒：镌刻。
《后汉书·窦宪传》载，东汉和帝永元元年（89），车
骑将军窦宪大破匈奴，登燕然山，勒石纪功。归无计：
即无法回家。

[6] 羌管：羌笛。

评述

范仲淹（989—1052），字希文，苏州吴县（今江苏省

苏州市）人。北宋名臣，政治家、文学家，谥文正。工诗词散文，文辞雅正，其《岳阳楼记》广为传诵，有《范文正公文集》传世。据《东轩笔录》载，范仲淹守边日，曾作《渔家傲》乐歌数阕，都以"塞下秋来"为首句，颇述边镇之苦。该词作于宋仁宗康定元年（1040），作者任陕西经略副使兼知延州时。边塞秋风乍起，草木凋零，满目凄凉。大雁飞走，没有一点留恋的意思。四面是重叠、高险如屏障的山峦，落日孤寂、狼烟四起、城门紧闭，号角声起伏在夜色之中。浊酒一杯，家国万里，战事尚未平定，何时归家更是无从确定。耳边羌笛悠悠，满地冰霜，夜已深，却辗转反侧，难以成眠，谁能体会白发将军的征役之苦呢？一想起这些眼泪就滚滚而下。王国维曾在《人间词话》中推举李白《忆秦娥》"西风残照，汉家陵阙""遂关千古登临之口"，以这篇《渔家傲》差足继武。全篇以秋风、大雁、边声、长烟、落日等萧瑟意象摹状征役之苦，该词给宋初吟风弄月的词坛吹来一股排荡、清劲之风。

| 勒石燕然 |

　　我国历史上的"外患"几乎大多来自西北方的游牧民族。汉族在中原地区发展农耕，经济发达，生活水平远远高于西北的游牧民族，于是历史上北方的匈奴、鲜卑、西夏、蒙古、契丹、女真等多次入侵中原。由于游牧民族常年骑马射箭，汉军以步兵为主，抗击北方的骑兵很困难。于是从战国、秦朝起就修造长城，但也挡不住侵略。

　　外公讲解诗词时常常给我们讲一些历史故事和话本小说的片段，例如《杨家将演义》《薛仁贵征西》等。外公非常推崇范仲淹，说他文学水平高，写了千古名篇《岳阳楼记》，以及《渔家傲》《御街行》《苏幕遮》等词。他虽是一介文官，却曾常年驻守边陲，西夏不敢来犯，外公说范仲淹"胸中自有百万甲兵"，但常年镇守边疆，生活艰苦，难免思乡心切，"塞下秋来风景异，衡阳雁去无留意"。外公讲到"浊酒一杯家万里，燕然未勒归无计"时，说东汉将军窦宪曾率领汉军大破北匈奴后，登燕然山（今蒙古杭爱山），勒石记功。《后汉书》记载："宪（窦宪）、秉（耿秉）遂登燕然山，去塞三千余里，刻石勒功，纪汉威德，令班固作《封燕然山铭》：'上以摅高、文之宿愤，光祖宗之玄灵；下以安固后嗣，恢拓境宇，振大汉之天声'。"

　　外公说，"勒石燕然"成了武将到边关建功立业的代名词，也是中华民族抗击外敌、保家卫国的传统。抗战时期，外公发表过多幅漫画，描述将士和家人的互相勉励，以及家人对征人的思念。如"征妇语征夫，有身当殉国。君为塞下土，妾作山头石"（明·刘绩《征妇词》）和"征夫语征妇，死生不可知。欲慰泉下魂，但视襁中儿"（明·刘绩《征夫词》）。深刻地表达了妻子深情勉励、将士视死如归的情景。正是由于百万将士的浴血苦战，正是由于后方家属亲人的全力支持，抗战才最终获得胜利。

1937年全面抗战爆发，日寇占领我国大片领土，外公在《劫后重生》一画中借被砍伐的大树，描述了中华民族宁死不屈的精神。

外公说，前线上许多兵士被日本鬼子打死了，我们后方能新生出更多的兵士来，上前线去继续抵抗。前线上死一百人，后方新生出一千人，反比本来多了。现在我们虽然失了许多地方，但增了许多兵士，所以失去的地方将来一定可以收回。中国就好比这一棵树，虽被斩伐了许多枝条，但是新生出来的比原有的更多，将来可成为比原来更大的大树。中国将来也能成为比原来更强的强国。

外公还在文章中描述中国军民在抗战中不屈不挠的精神的表现，例如粤汉铁路屡炸屡修，迅速通车；各种机关屡炸屡迁，照常办公；无数同胞家破人亡，绝不消沉，越加努力抗日，都是外公所赞佩的，都是大树所象征的。这大树真可说是今日的中国的全体的象征。

抗战三周年时，外公又发表文章《"七七"三周随感》："八一三"到了。敌人的炮火从上海蔓延开来，遍满江南。抗战军从各地云集拢来，遍满江南。繁华都市都被摧毁了，重门深院都被打开了。不论风流人物，纨绔子弟，一概要逃警报，逃难，甚至扒车顶，宿凉亭，吃大饼，喝冷水。真如古词人所咏：'一旦刀兵齐举，旌旗拥、百万貔貅。长驱入，歌楼舞榭，风卷落花愁。'（徐君宝妻《满庭芳》）。"在文章中外公深信中国人民已经奋发起来，为生存而奋斗了，抗战必胜！

　　外公在《中国就像棵大树》一文中评述、对比中国和欧洲的二战形势，他说："环顾世界的现状，我们中国人实在可以自矜。挪威揖敌，十二小时便亡国。英国怯弱如妇人，几次仰德人的鼻息。法国不到一月也就求和而接受缴械的亡国条件。而我们已经支撑三足年了！虽然遍体鳞伤，但好比一株大树，被斩伐了枝叶，根干上拼命地抽发出新的条枝来，生气蓬勃，不久可以长成一株比前更茂盛的大树。"

　　中国全民抗战十四年，终于"勒石燕然"，迎来日本投降的胜利喜讯。

洞仙歌·冰肌玉骨

〔北宋〕苏　轼

冰肌玉骨，自清凉无汗。水殿风来暗香满。绣帘
开，一点明月窥人，人未寝，欹枕钗横鬓乱^[1]。

起来携素手，庭户无声，时见疏星渡河汉^[2]。试
问夜如何？夜已三更，金波淡，玉绳低转^[3]。但
屈指西风几时来，又不道，流年暗中偷换。

....

注释

［1］欹（qī）枕：倚靠着枕头。

［2］河汉：银河。

［3］玉绳低转：玉绳，星名，常泛指群星。

....

评述

　　该词前有小序云："仆七岁时，见眉山老尼姓朱，忘其
名，年九十余。自言尝随其师入蜀主孟昶宫中。一日大热，
蜀主与花蕊夫人夜起避暑摩诃池上，作一词，朱具能记之。
今四十年，朱已死矣，人无知此词者。但记其首两句。暇日
寻味，岂《洞仙歌令》乎？乃为足之云。"这是一首"宫体
词"，吟咏后蜀宫中轶事，却没有一点浮艳。花蕊夫人是后

蜀后主孟昶的妃子，北宋灭后蜀以后，花蕊夫人成为宋太祖赵匡胤的宠妃，后又被宋太宗赵匡义杀害。上阕描绘花蕊夫人相貌，描摹其"冰肌玉骨"，渲染其冷艳清幽。灯影下，美人尚未入睡，月光透过绣帘缝隙照进来，灯影摇曳。下阕写夜空的疏星、银河、西风，以烘托花蕊夫人的复杂情愫。既沉醉于郡王的宠幸，又忧虑于暗中偷换的流年。年华逝水，迢迢不息，明媚鲜妍又能几时？作者极写花蕊夫人的容貌、情感，又将其置于时光的忧虑中，在这种反差之下，表达作者难平之意。

| 花蕊夫人 |

母亲对我说，你向外公学过苏东坡的《洞仙歌》，这首词是五代后期南蜀皇帝孟昶原著，经苏东坡修改润色而成。

苏东坡的时代离五代已经非常久远。苏东坡说自己七岁时，曾见到眉州九十岁朱姓老尼姑，她自称曾随其师到蜀主孟昶宫中，一日大热，蜀主与花蕊夫人在摩诃池上纳凉，孟昶作了一首词《玉楼春》，老尼姑还能背诵。四十多年后，苏东坡还记得其中几句，把孟昶的词改写成《洞仙歌》。相传蜀帅谢元明在摩诃池边上见到过石刻的碑文《洞仙歌》：

> 冰肌玉骨，自清凉无汗。贝阙琳宫恨初远，玉阑干倚遍，怯尽朝寒。回首处，何必留连。穆满芙蓉开过也，楼阁香融。千片红英泛波面。洞房深深锁，莫放轻舟瑶台去，甘与尘寰路断。更莫遣流红到人间，怕一似当时误他刘阮。

又有人说孟昶的原著系《玉楼春》：

> 冰肌玉骨清无汗，水殿风来暗香满。
> 绣帘一点月窥人，欹枕钗横云鬓乱。
>
> 起来琼户寂无声，时见疏星渡河汉。
> 屈指西风几时来，只恐流年暗中换。

母亲说孟昶的词把花蕊夫人描绘成夏夜的仙女，婀娜多

145

姿，容华绝世，摩诃池犹如月宫中的瑶台仙境。又暗示良辰美景，终有绝期，"西风"来时，"流年"更替，令人感慨人生之无常。据《苕溪渔隐丛话》记叙，花蕊夫人姓费，是青城人，被南蜀后主孟昶所宠幸，赐号花蕊夫人。她不但有倾城倾国之色，还有文才。南蜀后主只知与花蕊夫人、后宫佳丽玩乐，不思理国。宋太祖赵匡胤统一中原后，出兵五万余人进攻南蜀，蜀都十四万军队不战而降。花蕊夫人被宋太祖赵匡胤召去汴京，路经葭萌时，花蕊夫人在驿站壁上题《采桑子》：

初离蜀道心将碎，离恨绵绵，

春日如年，马上时时闻杜鹃。

只写到一半，被押送的军骑催行。据说在太祖面前花蕊夫人把后半阕续完：

三千宫女皆花貌，共斗婵娟，

髻学朝天，今日谁知是谶言。

当年在后宫行乐之时，花蕊已经预感乐极生悲，果然一语成谶。太祖闻后也未免长叹，又令花蕊夫人作亡国之诗。诗曰：

君王城上竖降旗，妾在深宫那得知。

十四万人齐解甲，宁无一个是男儿。

极言当年南蜀君臣奢侈、荒淫误国。宋军仅五万余，蜀都守军十四万有余，孟昶竟一筹莫展，屈辱投降。

至于后人续写的花蕊夫人《采桑子》的下阕："三千宫女皆花貌，妾最婵娟，此去朝天，只恐君王宠爱偏。"则完全是"戏说"，曲解了花蕊的原意。

南蜀后主的文才远不及南唐李后主，但二人皆为因奢华淫乐误国，"最是仓皇辞庙日，教坊犹奏别离歌，垂泪对宫城"，后悔自然来不及了，两位五代十国最后一代帝王的遭遇何其相似！

望海潮·东南形胜

〔北宋〕柳 永

东南形胜，三吴都会^[1]，钱塘自古繁华^[2]，烟柳画桥，风帘翠幕，参差十万人家。云树绕堤沙，怒涛卷霜雪，天堑无涯^[3]。市列珠玑^[4]，户盈罗绮，竞豪奢。

重湖叠巘清嘉^[5]。有三秋桂子，十里荷花。羌管弄晴^[6]，菱歌泛夜，嬉嬉钓叟莲娃。千骑拥高牙^[7]。乘醉听箫鼓，吟赏烟霞。异日图将好景，归去凤池夸^[8]。

⋯⋯⋯⋯⋯⋯⋯⋯⋯⋯⋯⋯⋯⋯⋯⋯⋯⋯⋯⋯⋯⋯⋯⋯⋯⋯⋯⋯⋯⋯

注释

[1] 三吴：据郦道元《水经注》，指吴兴（今浙江省湖州市）、吴郡（今江苏省苏州市）、会稽（今浙江省绍兴市）三处地方。

[2] 钱塘：今浙江省杭州市。

[3] 天堑：天然壕沟，极言其险要。指钱塘江。

[4] 珠玑：珠宝，代指珍贵之物。

[5] 重湖叠巘（yǎn）：白堤将西湖分作里、外两湖，故称重湖。叠巘，层层的山峦。

[6] 羌管：即羌笛。

[7] 高牙：一说为旗竿上饰有象牙的大旗，多为主将所建。

［8］凤池：即凤凰池。魏晋南北朝时，曾设中书省于禁苑，掌机要，可接近皇帝，称中书省为"凤凰池"。

....

评述

　　柳永，初名三变，字景庄，崇安（今福建省崇安县）人。仁宗景祐元年（1034）进士，官至屯田员外郎。对词境多有开拓。叶梦得《避暑录话》评其词云"凡有井水处，即能歌柳词"，可见其影响。这是柳永在前往开封应试前，写给两浙转运使孙何的一首词。柳永词清雅风流，后世广为传颂。《望海潮》即是其中名篇。唐代，杭州就已成为都市，到宋代，更是人烟阜盛、盛景非常。作者曾在杭州生活过一段时间，对杭州非常熟悉，也有较深厚的情感。该词写钱塘景致，将烟柳、画桥、云树、堤沙次第铺开，饶有趣味。写钱塘之海潮，"怒涛卷霜雪，天堑无涯"，笔调陡转高昂，气势渐为雄壮。写其人烟阜盛，则以"参差十万人家"状人之多，又细写钓叟、莲娃，颇有层次感。全词音律，急促、舒缓，错落有致，意象、韵律，浑然天成。

三秋桂子十里荷花

外公非常推崇柳永的《望海潮》，说这首词"烟柳画桥，风帘翠幕，参差十万人家"写尽了临安（今杭州）的繁华和风土人情。岳飞、韩世忠抗金取得胜利后一段时期，临安又恢复到当年汴京的奢华："市列珠玑，户盈罗绮，竞豪奢。"大舅说，自古至今多少诗人词客描写钱江潮的壮观，都不及柳永的"怒涛卷霜雪，天堑无涯"这两句。

大舅又说这首词是柳永在北宋时写的，这里还有一个故事。柳永与孙相和原来是布衣之交，后来孙相和任杭州知府，柳永仍是布衣。有一次孙相和开中秋夜宴，门禁很严，柳永被拒门外，他就作了这首《望海潮》交给名妓楚楚，请她在宴会上"朱唇歌之"。孙相和一听，知道能写出这样的词曲"唯耆卿（柳永的字）一人而已"，立刻预留了雅座，亲自出外迎接柳永。

柳词的《望海潮》流传很广，却给南宋带来灾难，据说金主完颜亮羡慕临安的美景，"欣然有慕三秋桂子，十里荷花，随起投鞭渡江、立马吴山之志之意。"（罗大经《鹤林玉露》卷一）后来金兵数度南侵。谢处厚批评说：

> 谁把杭州曲子讴，荷花十里桂三秋。
>
> 那知卉木无情物，牵动长江万里愁。

金主完颜亮1161年出兵伐宋，与宋军大战采石矶战败，为部下完颜元宜所杀。《鹤林玉露》评论："余谓此词虽牵动长江之愁，然卒为金主送死之媒，未足恨也。""至于荷艳桂香，妆点湖山之清丽，使士大夫流连于歌舞嬉游之乐，遂忘中原，是则深可恨矣。"南宋经过多年发展，经济繁荣，词曲文化水平非常高。只是国力衰弱，不堪金、蒙外族的侵略。

柳永官场失意，索性放荡不拘，破罐破摔，他曾写出："才子词人，自是白衣卿相。烟花巷陌，依约丹青屏障。幸有意中人，堪寻访。且恁偎红倚翠，风流事，平生畅。""忍把浮名，换了浅斟低唱。"（《鹤冲天》）

后人都说柳永善于只做俚词俗词。大舅说其实也不然，柳永也曾写过一首《八声甘州》这样的"雅词"，得到苏东坡很高的推崇：

对潇潇暮雨洒江天，一番洗清秋。渐霜风凄紧，关河冷落，残照当楼。是处红衰翠减，苒苒物华休。惟有长江水，无语东流。

不忍登高临远，望故乡渺邈，归思难收。叹年来踪迹，何事苦淹留。想佳人、妆楼颙望，误几回、天际识归舟。争知我，倚阑杆处，正恁凝愁。

柳永晚年才得到一个"屯田员外郎"的闲职，据说死后是歌妓们出钱为他安葬。有一首诗说"汉上有坟人吊柳，漳南多冢客疑曹"，每岁清明，诗人词客在柳永的墓前开"吊柳会"。大舅说，对于柳永的词，后人还是赞誉的多。"漳南多冢客疑曹"则说的是曹操怕死后别人挖他的坟，就堆了好多个坟，不知哪个是真的。

咏苏小小[1]

无名氏

湖山此地曾埋玉[2]，花月其人可铸金[3]。
慕才亭边慕才人[4]，小小佳人小小情。

....

注释

[1] 该诗内容作者有争议，前两句一般认为是集句的，来自
　　"慕才亭"楹联。后两句不知所本，作者亦不详。

[2] 埋玉：指埋葬着美人苏小小。

[3] 花月：一作"风月"。铸金：茅盾先生认为铸金用了
　　勾践铸范蠡金像的典故。《吴越春秋》载范蠡功成身退
　　后，"越王乃使良工铸金象范蠡之形，置之坐侧，朝夕
　　论政"。

[4] 慕才：指仰慕才女。

....

评述

　　纪念南朝名妓苏小小的慕才亭，是杭州西湖边一处著
名的风景。古往今来，无数文人墨客写诗追念这位才女佳
人。许多楹联、诗作作者都不确定，然而名句却广为传颂，
这首《咏苏小小》就是其中之一。前两句"湖山此地曾埋
玉，花月其人可铸金"被镌刻在慕才亭边作为楹联，可见备

湖山此地曾埋玉

子恺画

受称扬。第二句中的"花月",据民国十三年（1924）印本《海城县志》中所载的陈宗岱《南游日记》:"近视石碑,曰钱塘苏小之墓,始知已至西泠桥畔也。亭中联语极多集句,如'湖山此地曾埋玉,风月其人可铸金'。"茅盾先生写给其表弟陈瑜清的信中也认为是"风月"。有人认为这个"风月"是茅盾改的。从旧志看,民国年间的楹联确实是"风月",而不是"花月",不是茅盾改的。"湖山"与"风月",都是大自然中美好的事物,而美人长眠于此正得其所,芳魂虽远,美名却可以寿于金石,长久地流传在人们心中。后两句表现出诗人对苏小小这位才女的怜惜之情。相传苏小小本出身官宦人家,因身形纤弱,故名小小。诗人抓住才与小这两个特点做文章:"小小佳人"指传说中佳人的身量与气质,而"小小情"却双关了世人对于苏小小的热爱与追念。

︱ 湖山此地曾埋玉 ︱

　　有一次我和小姨随外公去杭州，就住在西湖边上，下午到白堤去散步，到孤山下就看到"慕才亭"，上有一副对联："湖山此地曾埋玉，花月其人可铸金。"

　　外公说对联写的是苏小小，东晋时期才貌双全的知名歌妓。苏小小家曾为官，从江南姑苏流落到钱塘后，成了当地富商，她的父母只有这么一个女儿，十分宠爱，因她长得娇小，所以叫小小。苏小小十五岁时，父母谢世，家道中落，为生活所迫，成了歌妓。因她天生秀美，气韵非常，又有深厚的文化底蕴，在她身边总有许多风流倜傥的少年。苏小小成了钱塘一带有名的诗妓。外公说苏小小还写过一首诗：

> 妾乘油壁车，郎跨青骢马。
> 何处结同心，西陵松柏下。

　　当然，诗是否真是她写的，已经无从考证。外公又给我们介绍了前人写的有关苏小小的诗：

> 妾本钱塘江上住，花落花开，不管流年度。燕子衔将春色去，纱窗几阵黄梅雨。斜插犀梳云半吐，檀板轻敲，唱彻黄金缕。望断行云无觅处，梦回明月生南浦。
> （司马槱《黄金缕》）
> 小溪澄，小桥横，小小坟前松柏声。碧云停，碧云停，凝想往时，香车油壁轻。溪流飞遍红襟鸟，桥头生遍

157

红心草。雨初晴，雨初晴，寒食落花，青骢不忍行。
（朱彝尊《苏小小墓》）

万古荒坟在，悠然我独寻。寂寥红粉尽，冥寞黄泉深。
蔓草映寒水，空郊暧夕阴。风流有佳句，吟眺一伤心。
（权德舆《苏小小墓》）

外公说，妓女之中，会写诗词的不在少数。

词客秦观曾写过一首著名的《满庭芳》，得到他的老师
苏东坡的称赞，在京师广为传唱：

山抹微云，天连衰草，画角声断谯门。暂停征棹，聊
共引离尊。多少蓬莱旧事，空回首、烟霭纷纷。斜阳
外，寒鸦数点，流水绕孤村。

销魂、当此际，香囊暗解，罗带轻分。谩赢得、青楼
薄幸名存。此去何时见也？襟袖上、空惹啼痕。伤情
处，高城望断，灯火已黄昏。

一位歌妓琴操在吟唱时把第一句错唱为："山抹微云，
天连衰草，画角声断斜阳。"有人问她，你能改秦少游的这
首词的韵吗？琴操立刻改唱为：

山抹微云，天连衰草，画角声断斜阳。暂停征棹，聊
共引离觞。多少蓬莱旧侣，空回首、烟霭茫茫。斜阳
外，寒鸦万点，流水绕空墙。

销魂、当此际，轻分罗带，暗解香囊。谩赢得、青楼

薄幸名狂。此去何时见也？襟袖上、空有余香。伤情处，高城望断，灯火已昏黄。

改写后的词比秦学士的原词一点都不差，可惜这位文才极高的歌女，最后削发为尼，与青灯古佛相伴终老。

那天晚上我们到一个茶楼听京剧。唱戏的都是女子，外公说她们原来也是歌妓，每晚在一只西湖船上唱戏，客人也坐西湖船，围在这只船四周，客人可以"点人点戏"，1949年后她们改到茶楼唱戏。

当夜听戏的还不少，一面喝茶嗑瓜子，一面点戏听戏，记得点一出五角钱。我们进去时正听一名女老生唱《珠帘寨》："哗啦啦打罢了三通鼓，老蔡阳的人头落马前。"听着觉得唱得还行。我们商量了一下，决定点一出《二进宫》。我和小姨曾在上海看过谭富英、张君秋、裘盛戎的《二进宫》，他们三位是京剧第二鼎盛期的著名演员。谭富英是"后四大须生"之一，张君秋是"四小名旦"之一，裘盛戎是裘派花脸的创始人。

收费的说《二进宫》由三位小姐唱，要一元五角。当时一元五角钱不算少，我们还是同意了。青衣（李艳妃）、老生（杨波）和大面（即花脸，徐延昭）由三位女子来唱，唱老生和大面（花脸）的已是徐娘半老，唱青衣的还年轻。《二进宫》最精彩的一段是老生、青衣、花脸跪在地上的对唱：

"吓坏了，定国王，兵部侍郎。"

"自从盘古立帝邦，君跪臣来臣不敢当。"

"非是哀家来跪你，跪的是我皇儿锦绣家邦。"

……

但对唱时，青衣忘了几句词，拉胡琴的垫了过去，唱大面的稍年长的女子直瞪她。唱完后管事的过来道歉，说那位年轻的学戏时间短，要退一半钱，我们示意不必了，她们也不容易。

苏小小墓在"十年浩劫"中被毁坏，2004年杭州市政府决定重修苏小小墓，重建后的"慕才亭"内有十二副楹联，邀请了十多位书法家题写：

桃花流水窅然去，油壁香车不再逢。

金粉六朝香车何处，才华一代青冢犹存。

灯火疏帘尽有佳人居北里，笙歌画舫独教芳冢占西泠。

几辈英雄拜倒石榴裙下，六朝金粉尚留抔土垄中。

千载芳名留古迹，六朝韵事着西泠。

湖山此地曾埋玉，花月其人可铸金。

花须柳眼浑无赖，落絮游丝亦有情。

亭前瞻柳色风情已矣，户上寄萍踪雪印依然。

且看青冢留千古，漫道红颜本暂时。

烟雨锁西泠剩孤冢残碑浙水呜咽千古憾，琴樽依白社看明湖翠屿樱花犹似六朝春。

花光月影宜相照，玉骨冰肌未始寒。

十载青衫频吊古，一抔黄土永埋香。

楹联中的许多典故，都出自前面提到的与苏小小有关的诗词，这是后话了。

登飞来峰[1]

〔北宋〕王安石

飞来峰上千寻塔[2]，闻说鸡鸣见日升[3]。
不畏浮云遮望眼[4]，只缘身在最高层[5]。

···

注释

[1] 飞来峰：一说在浙江绍兴城外的林山，唐宋时有座应
　　天塔。传说此峰是从琅琊郡飞来的，故名飞来峰；一
　　说在浙江杭州西湖灵隐寺前。
[2] 千寻塔：寻，古代长度单位，八尺为一寻。
[3] 闻说：听说。
[4] 浮云：在山间浮动的云雾。
[5] 缘：因为。

···

评述

　　王安石（1021—1086），字介甫，号半山，封荆国公。
北宋抚州临川人，北宋政治家、文学家，唐宋八大家之一。
传世文集有《临川集》等。宋仁宗皇祐二年（1050）夏，王
安石在浙江鄞县知县任满，回到家乡江西临川，途经杭州，
写下了这首诗。那时，意气风发的王安石只有三十岁，他初
涉宦海，抱负不凡，正好借登飞来峰来抒发胸臆，表现出了

与众不同的宽阔怀抱。山顶上的宝塔借助山势，更显得有千寻那么高。千寻是八千多尺——这当然是一种夸张的说法。诗人还讲述了这样一个传说：如果站在塔上，鸡鸣五更的天气，就可以看到海上的日出了，可见塔的高耸入云。我们想象一下飞来峰那耸入云天的磅礴气势吧！登临塔顶，很自然地看到山间的云雾都浮动在半山腰上，而自己恍惚置身云层之上。那么这种奇妙的体验是为什么呢？诗人给出了他的答案："只缘身在最高层。"只是因为我身处在最高处，站得高，看得远，所以不惧怕任何浮云的羁绊，能够一往直前地实现理想与抱负。全诗融理于景，既思绪缜密，天衣无缝，又前后关照，浑然一体。有研究者认为能从诗中读出后来锐意变法的王安石独特的精神气质。

▎ 峰从何处飞来 ▎

飞来峰是杭州灵隐寺旁的山峰。相传有一天，灵隐寺的济颠法师算知有一座山峰就要从远处飞来，法师就奔进村里劝大家赶快离开，村里正在办婚礼，谁也不听他的话。济颠法师急了，背起正在拜堂的新娘子就跑。村人见和尚抢新娘，就都呼喊着追了出来。人们正追着，忽见天昏地暗，一座山峰飞降灵隐寺前，压没了整个村庄。这时，人们才明白法师抢新娘是为了拯救大家，于是就把这座山峰称为"飞来峰"，并修建了五百罗汉堂，镇住了这座山。

小时候随外公住在杭州时常去灵隐寺，后来游杭州又去过灵隐寺多次，外公常给我讲灵隐寺的故事。这是杭州的一所古寺，也是佛教十大丛林（寺庙）之一，相传东晋咸和初年（326），西印度僧人慧理和尚由中原云游至武林（即今杭州），见有一峰而叹曰："此乃中天竺国灵鹫山一小岭，不知何代飞来？佛在世日，多为仙灵所隐。"他以为是"仙灵所隐"，就在这里建寺，取名灵隐，山外四个大字"咫尺西天"。灵隐寺内大雄宝殿中释迦牟尼佛、阿弥陀佛、药师佛三尊大佛左右的十八罗汉与别的寺庙不同，略微向前倾斜站立，更显得虔诚、专注，给我留下深刻的印象。

灵隐寺天王殿外有一冷泉亭，传说苏东坡在杭州做太守时，常在冷泉亭上饮宴赋诗。飞来峰是江南少见的古代石窟艺术瑰宝，可与四川大足石刻媲美。苏东坡曾有"溪山处处皆可庐，最爱灵隐飞来峰"的诗句。

那年外公、姑外婆（丰满，外公的三姐）他们带我游灵隐寺飞来峰，瞻仰了大雄宝殿的"过去、未来、现在"三尊大佛（即"燃灯佛、释迦牟尼佛、弥勒佛"）。外公在冷泉亭上给我们讲飞来峰和冷泉的传说。

明代画家、书法家董其昌曾为冷泉亭写过对联："泉自几时冷起，峰从何处飞来。"此联和周际的山水风情引起后人的无限遐想，此后仁者见仁，智者见智，纷纷续写对联。左宗棠的对联是："在山本清，泉自源头冷起；入世皆幻，峰从天外飞来。"晚清学者俞樾的对联是："泉自有时冷起，峰从无处飞来。"而俞樾的夫人只改了一个字，大家看了都拍手称绝："泉自冷时冷起，峰从飞处飞来。"①

姑外婆说佛家讲究"从来处来，到去处去"。姑外婆熟读《红楼梦》（据说读过二十遍），她讲到"情小妹耻情归地府 冷二郎一冷入空门"一节，尤三姐为柳湘莲殉情，柳湘莲以鸳鸯剑中的雌剑为尤三姐殉葬后，在梦中见到尤三姐向他洒泪道别："妾痴情待君五年，不期君果冷心冷面，妾以死报此痴情。妾不忍相别，故来一会。从此再不能相见矣！"湘莲在梦中哭醒，竟是一座破庙，旁见到一位道士，忙起身问道士法号，从何处而来，此系何处，欲去何方？道士说他"不知此系何方，我系何人"，湘莲听了，冷然如寒冰侵骨，用那把雄剑把脑后万股烦恼之丝一挥而尽，随那位道士而去，不知所踪。

多年后，在爱因斯坦提出广义相对论100周年之际，我在中国科学院为学生做讲座：137亿年前发生了一次大爆炸，宇宙从一个具有无限大密度和高度非线性的时间、空间的"奇点"（有人打比方说当时的宇宙直径只有半公里）开始膨

---

① 段宝林，江溶：《中国山水文化大观》，第636页，北京大学出版社，1996。

丰子恺家塾课 1　外公教我学诗词

166

胀至今，最外层冰冷的"剩余微波背景辐射"（大约零下270摄氏度）就是大爆炸最初辐射出去的光子，这也是当代天文学家所能探测到的最"深"的宇宙边界。讲到这里我停了下来，忽然忆及当年灵隐寺的"灵鹫飞来"，想起"泉自冷时冷起，峰从飞处飞来"，想起大雄宝殿大佛的"过去、未来、现在"，想象"不畏浮云遮望眼，只缘身在最高层"的因因果果。如今外公、姑外婆早已作古，每个人短暂的一生，无非是到这世上"暂来歇脚"而已，感慨宇宙、世界和人生之无常。

　　这时一位女研究生站起来提问："宋老师，是谁给了第一把力，使得高度平衡的'婴儿宇宙'发生大爆炸？宇宙的边界之外是什么？归谁管？"这是一个典型、根本的宇宙起源和演化问题，是无解的问题，我不知怎么回答。忽然想起有一首很时尚的歌曲《大王叫我来巡山》，我告诉大家，小妖怪的歌词："别问我从哪里来，也别问我到哪里去，我就是一个努力干活还不粘人的小妖精。"大概这就是宇宙的答复！讲座在学生们的哄笑声中结束了。

本事诗·春雨

〔近代〕苏曼殊

乌舍凌波肌似雪[1]，亲持红叶索题诗[2]。
还卿一钵无情泪，恨不相逢未剃时。

春雨楼头尺八箫[3]，何时归看浙江潮[4]。
芒鞋破钵无人识，踏过樱花第几桥。

....

注释

[1] 乌舍：乌舍（Usas）是古印度吠陀神话中的晓之女神，是天父特尤斯（Dyaus）的女儿，也是诸神中最美的女神。她擅长文学，任务是打开天窗，祛除黑暗。她穿着灰色如舞姬一样的衣服，外貌永远像少女一般。

[2] 红叶题诗：唐孟棨《本事诗》中记载，诗人顾况在御河流水中拾得桐叶，上有落寞宫女的题诗。次日，顾况和诗一首，也题在桐叶上，从上游放入波中。十余日后，顾况的友人又拾到了新的题叶诗。

[3] 尺八箫：苏曼殊《燕子龛随笔》："日本'尺八'状类中土洞箫，闻传自金人，其曲有名《春雨》，阴森凄恫。"

[4] 浙江潮：浙江即钱塘江，每年农历八月十五前后杭州湾的海潮是著名的景观。清末留日浙江籍学生创办的革命刊物《浙江潮》即借用其名。在赴日之前，诗人曾长期在杭州养病。

评述

苏曼殊（1884—1918），近代作家、诗人、翻译家，广东香山人。原名戬，字子谷，曾三次出家，又三次还俗，法号曼殊。能诗善画，多才多艺，诗风"清艳明秀"，有《曼殊全集》传世。孟棨的《本事诗》专门搜集与唐诗有关的故事，苏曼殊的《本事诗》写的也是诗人自己的故事。柳无忌认为这十首爱情组诗是苏曼殊为他所钟爱的日本歌伎百助枫子所写。此诗是其中第一首，表达了苏曼殊在禅佛与世俗情欲间的挣扎。首联用印度传说中的神女乌舍比拟心上人百助枫子，盛赞她的肌肤洁白如雪，并且对自己的诗才十分仰慕。"红叶题诗"的典故暗示双方唱和往还，互相钟情，但却碍于僧人身份，无法结合。"还卿一钵无情泪，恨不相逢未剃时"，化用了唐人张籍《节妇吟》中"还君明珠双泪垂，恨不相逢未嫁时"的诗意。将"未嫁"改为"为剃"，一字之别，凸显出自己深爱百助而不能结合的苦闷与伤怀。颈联的名句创造出一种凄迷哀婉的意境：丝丝春雨中，日式小楼上，呜咽的萧声引逗出诗人浓浓的乡愁——何日能够回归故国，看一眼浙江潮水。尾联的"芒鞋破钵"点明了苏曼殊的僧人身份，孤独的托钵僧人行过樱花烂漫的桥头，极绚烂而倍凄凉，颇有几分日本"物哀"文学的情致。

| 浙江潮 |

当年外公常常端着茶杯，在寓所"日月楼"的阳台上来回踱步，吟诵诗词，时而讲解逸闻趣事，我边听边学，这也是一种特殊的教学方法吧。有一次他反复吟读苏曼殊的名句"春雨楼头尺八箫，何时归看浙江潮"，给我讲曼殊大师亦僧亦俗的逸闻趣事。忽然问："钱塘江大潮是什么时候？"我们回答："下个礼拜，阴历八月十八。"外公决定全家去海宁看潮。当时我在复兴中学读高一，这是上海的重点中学，一般不允许请假。听说是丰子恺先生的意思，班主任徐珣贞老师向校方请示，校长姚晶破例准假，外公全家加上我包一辆出租车去了海宁。

大潮还没来时江水很浅，有几个人在江中捕鱼，外公告诉我这些人是"弄潮儿"，他随口吟诵李益的《江南曲》：

嫁得瞿塘贾，朝朝误妾期。
早知潮有信，嫁与弄潮儿。

外公说这是以一位年轻女子口吻写的诗，感叹她的丈夫忙于到四川做生意，常常逾期不回，还不如钱塘江潮守信，每年逢阴历八月十八大潮一定准时到来。"潮有信"是一语双关，以潮水有信来反衬人的无信。外公由此引发联想，说道："一个人守信最要紧。"

说到"潮有信"，大家议论《水浒传》，花和尚鲁智深一生打抱不平，上梁山杀富济贫，后来被朝廷招安征方腊，征战到临安，住在一个寺庙里。晚上听见一阵紧似一阵的涛声，问住持是什么声音。住持回答是浙江潮，年年在这个时辰准时到来。听到这番话，鲁智深想起师父智真长老的偈语"听潮而圆，见信而寂"，幡然而悟，打坐终夜，圆寂归西去了。

外公在赴杭州的火车上还创作了一首"回文诗"《浙江潮》，他在与张梓生先生探讨诗词的书信中说：

> 我杭州回来已数天。在杭途遇雪山，谈了片刻，
> 他候你到杭。我在火车里做了两首回文诗：
> 浙江潮水似天高，暮雨飘时闻客话浙江潮
> 送春归又梦春回，蝴蝶飞回肠欲断送春归
> 聊以缴卷。你有几首缴卷？盼望来共饮老酒淡诗。
> 致敬
>
> 弟恺　叩
>
> （1958年）五月廿九日（上海）

回文诗，也叫回环诗，指正读、倒读都能成诗的一种诗体，始创者据传为南北朝时期的女诗人苏蕙。外公这首"回文诗"的读法是："浙江潮水似天高，水似天高暮雨飘；暮雨飘时闻客话，时闻客话浙江潮。"最后又兜回"浙江潮"三次，可以形成"无限循环"。

外公还写过两首环形的回文诗。一首是五言回文诗，注明："从任何一字起，或左行或右行，皆成一五绝（五言绝句），清某人砚上铭。"例如可以读成：

> 花艳舞风流，雾香迷月薄。
> 霞淡雨红幽，树芳飞雪落。

可以反过来读：

落雪飞芳树，幽红雨淡霞。

薄月迷香雾，流风舞艳花。

也可从当中任何一字读起。构成的诗都有点勉强，但毕竟成诗。

　　另一首为四言回文诗，外公注明："从任何一字起，或左行或右行。皆成二句四言诗，某日本人茶壶上铭。"例如可以读成：

晓河澄雪，皎波明月。

也可从第三个字起读成：

澄雪皎波，明月晓河。

菩萨蛮·金陵赏心亭为叶丞相赋

〔南宋〕辛弃疾

青山欲共高人语，联翩万马来无数[1]。烟雨却低
回，望来终不来。

人言头上发，总向愁中白。拍手笑沙鸥[2]，一身
都是愁。

......

注释

[1] 联翩：连绵不断。

[2] 沙鸥：沙滩、沙洲上栖息的鸥鸟。

......

评述

　　这首词写于南宋孝宗淳熙元年（1174）春季，辛弃疾当
时在江东叶衡的部下任官，叶氏对辛弃疾颇为器重。整首词郁
结愤懑，愁肠百结，以山拟人，连绵不断的青山想要跟高人说
话，像千军万马一样迎面而来。山中云雾低回，盼望的雨却始
终没有到来。人们总说，头发总因愁由黑变白。瞧那浑身雪白
的沙鸥，真是一身都是愁呀。辛弃疾的愁来自难酬的壮志，金
兵入侵，朝廷主和，辛弃疾主战，未得到重用。作者忧愁愤
懑，情以物兴，体物写其志。将青山、烟雨与自己置换，其实
是作者自况，盼望能与"高人"商讨国事，极力抗战。作者内
心的壮志、忧愁、愤懑，在这种置换中委婉流于笔端。

｜ 白发诗 ｜

有一次外公教我辛弃疾的《菩萨蛮》："人言头上发，总向愁中白。拍手笑沙鸥，一身都是愁。"外公对我们说：悲苦、忧愁容易让人生白发。外公又说："白发镊不尽，根在愁肠中。"当年辛弃疾是主战派，得不到朝廷重用，眼见国土沦丧，自己空有一身本事，却报国无门。辛词最后两句我们都不明白，外公说："沙鸥一身白羽，岂非一身都是愁吗？"外公说白居易有一首《白鹭诗》：

人生四十未全衰，我为愁多白发垂。
何故水边双白鹭，无愁头上也垂丝。

白诗言愁用的是白描，辛词言愁用的是隐晦。早在1945年抗战胜利后，外公就已是一头白发，他在给朋友夏宗禹的信中曾说过："流亡八年，为子女费了许多心，长了许多白发。今已大学毕业，而胜利已经在望。我希望大家团聚，多得相见，也是一种安慰。虽然明知这是一种痴想，但不能避免。"外公还引用窦巩的《代邻叟》：

年来七十罢耕桑，就暖支羸强下床。
满眼儿孙身外事，闲梳白发对残阳。

并揶揄"只有白发是自己的，爱怜子孙，实是痴态，可笑"。[①]

---

① 丰子恺：《致夏宗禹信》，见丰陈宝，丰一吟编：《丰子恺文集》（文学卷三），第397页，浙江文艺出版社，浙江教育出版社，1992。

新中国建立初期，外公虽身在繁华的上海，却尽量远离社会政治，以翻译俄文长篇小说为主，低调生活，时而喝酒、喝茶，身边常有儿孙陪伴，时而吟诗，时而出游，真正过上了"满眼儿孙身外事，闲梳白发对斜阳"的日子。直到1960年担任上海中国画院院长、全国政协委员之后，才开始经常参加各种社会活动。

记得有一天晚上外公赴宴归来，他满面红光，非常兴奋，告诉我们："今天晚上周总理请我们吃酒。"总理见到外公就说："丰老您真是美髯公啊！我想留胡子就是留不起来。"外公则回答："总理雄姿英发、风度翩翩，无人企及。"外公和总理都出生于1898年，但总理确实显得年轻多了。

阿英词（《聊斋志异》）

〔清〕蒲松龄

闲院桃花取次开^[1]，昨日踏青小约未应乖^[2]。
嘱付东邻女伴，少待莫相催，著得凤头鞋子即当来。

......

注释

[1] 取次：随便，任意。
[2] 乖：指爽约。

......

评述

　　《阿英》是《聊斋志异》中的名篇。小说讲述庐陵甘玉矢志为弟甘珏寻佳偶，在匡山僧寺偶救秦氏女。她牵线使得秦氏表妹阿英与甘珏结为夫妇。在中秋宴饮时阿英显露破绽，化鹦鹉而去。后甘珏再娶，阿英又在战乱中复来相助，精心装扮新妇姜氏及甘玉婢妾。与嫂友善，时常探望。最终因甘珏的狎昵行为而离去。《阿英》的情感故事之所以动人，是因为它在一个因果报应的框架下涵盖了爱恋、友善、报答、亲情等多重主题。美丽动人、善解人意的主人公阿英在小说的后半部分才出场。而引出她的表姊秦氏（秦吉了）与甘玉僧寺庙相逢之时所唱的这首词作，词简意丰，涵义隽永。这是一首典型的"精怪诗"，表达了不受人间礼法约束

的鸟儿（秦吉了）精灵对人怪之间约会与爱恋的大胆渴望。桃花、踏青这些意象将自然界美丽的春色展露无遗。女子以绣鞋为信物，约会情郎，情感表露直白而新奇，因而令人印象深刻。

| 阿英词 |

外公家有讲故事的传统。那时外公家借住在上海福州路671弄7号，这是一幢三层楼房，是开明书店老板章雪琛的房子。临睡前关灯后，大家躺在床上，外公就开始讲故事，他讲过全本《三国演义》和《东周列国志》，还有《聊斋志异》《幽明记》《夜雨秋灯录》《子不语》等书中的精彩片段。外公看过的书多，看得快，记性又好。常常是白天看过一遍，晚上就讲。聊斋中大部分都是鬼狐的故事，我读小学时，有时听故事害怕了，外公就招呼我睡到他边上，我才入睡。记得外公讲过《聊斋》中的《辛十四娘》《罗刹海市》《胡四娘》等故事。

《阿英》讲的是书生甘玉父母双亡，他一心要为弟弟甘珏找一位漂亮的媳妇。有一次在匡山寺读书，夜里看见窗外三四女郎席地而坐，数位侍女陈设酒席，皆为殊色。其中一位女孩低吟道：

闲院桃花取次开，昨日踏青小约未应乖。

嘱付东邻女伴，少待莫相催，著得凤头鞋子即当来。

吟罢，大家无不赞叹，活脱是一次村姑们的聚会。忽然一个丑陋的大汉进来，咬断了吟唱姑娘的手指。甘玉仗剑和大汉争斗，救下女郎，并为她包扎。女孩说她姓秦。甘玉心里打算把她许配给弟弟，但几天后女孩不见了。打听了一下，周围并没有这个姓。

弟弟一日在郊外遇到一位二八姝丽（十五六岁的漂亮女

孩）。女孩问他是否甘家二郎，并泣诉她就是阿英，本来是甘家老父许配给甘玉的，问甘玉怎么又去找姓秦的女孩？我要问问你大哥，把我怎么办？甘玉非常喜欢这位女孩，说父兄爽约的事他实在不知道，强拉阿英回家。后来发现阿英有分身的法术，最后阿英承认自己是只鹦鹉，姓秦的女孩是她的表姐。

原来甘家老父曾养过一只漂亮的鹦鹉，还对小儿子开玩笑说将来让这只鹦鹉当你的媳妇。不久后这只鹦鹉挣脱逃走了。

后来甘家蒙受巨变，阿英救了他们，给甘珏做了几天媳妇。有一天忽然不见了，只看见一只狐狸叼着一只鹦鹉，大家赶紧把鹦鹉救了下来，鹦鹉缓过气来后，对甘珏的嫂嫂说了一声："嫂嫂，别了。"展翅飞去，不知所终。

外公那幅《闲院桃花取次开》的画，已经从《聊斋》的鬼神故事中走出来，完全进入日常生活：描写一位十五六岁的漂亮村姐在穿鞋，准备和女伴们一同出游。

这幅画在构图上，右边是画，左边是诗，左上角的红色系绳和左下角的猫，在诗与画之间形成了过渡，布局十分妥贴。画里的姑娘正在穿鞋，目光落在右足的红鞋上，"凤头鞋子"是点题的，但整幅画作的点睛之笔却是倚在墙角的绿伞，这柄伞解释了诗中"昨日踏青小约未应乖"的原因——昨天下雨了，现在雨停了，所以穿新鞋子出门了。

外公的一颗童心从未泯灭。他曾在《儿童世界》杂志上发表《有情世界》，给孩子们讲"月亮姐姐""蒲公英妹妹""杜鹃花妹妹""白云伯伯"的故事[①]；讲《大人国》的故

---

① 丰子恺：《有情世界》，见丰陈宝，丰一吟编：《丰子恺文集》（文学卷二），第315页，浙江文艺出版社，浙江教育出版社，1992。

事等。

母亲曾教过我辛弃疾的一首诗《鹧鸪天》：

陌上柔桑破嫩芽，东邻蚕种已生些。
平冈细草鸣黄犊，斜日寒林点暮鸦。
山远近，路横斜，青旗沽酒有人家。
城中桃李愁风雨，春在溪头荠菜花。

母亲说，"城中桃李愁风雨，春在溪头荠菜花"，外公的画常常着笔于村姑、寻常人家的女孩，如《贫贱江头自浣纱》《贫女如花只镜知》《花不知名分外娇》等，同情、赞赏普通人家的女子，这和外公画《阿英》的主旨是相同的。

过故人庄[1]

〔唐〕孟浩然

故人具鸡黍，邀我至田家[2]。
绿树村边合，青山郭外斜[3]。
开轩面场圃，把酒话桑麻[4]。
待到重阳日，还来就菊花。

·····························

注释

[1] 过故人庄：拜访老友的田庄。过：拜访。

[2] 具鸡黍（shǔ）：准备丰盛的农家饭。具：准备，置办。
鸡黍：鸡和黄米饭。

[3] 郭：村庄的外墙。

[4] 场圃：打谷场和菜园。

·····························

评述

孟浩然是盛唐山水田园诗人。这首《过故人庄》写于他隐居鹿门山中时。孟浩然的笔触自然疏淡，没有丝毫矫揉造作之态。这在歌咏应酬朋友请客的作品中实属难能可贵。他描绘了朋友杀鸡蒸好黄米饭，盛情邀请，写村边的绿树与村外的青山，笔锋一转，描绘到吃饭的地方就在打谷场和菜园子旁，聊天的话题也集中在农桑之事，十分淳朴自然。一顿

美餐结束，诗人还与朋友约定好，等到重阳时节，再来赏菊饮酒。全诗从头至尾，看似是未经剪裁的自然时间的流转叙述，实则是经过诗人精心选取的若干美好场景接续而成的村居盛宴图。主人的真诚，客人的随性，以及事情的前因后果都在八句诗中被交代得清清楚楚，而又丝毫看不到雕琢斧凿的痕迹，丝毫不觉费心费力，浑然天成。这是孟浩然的田园诗雄踞诗坛的重要原因。

子恺漫画的赝品鉴别

外公是一位"平民画家""大众画家"。他的画惟妙惟肖地描写儿童，描写普通百姓的日常生活，因此得到广大群众的喜爱。朱光潜先生曾说过："他的画极家常，造境着笔都不求奇特古怪，却于平实中寓深永之致。他的画就像他的人。"上世纪三四十年代，报刊形容丰子恺是"名满天下、妇孺皆知"。他的画被许多人收藏。

进入21世纪，"丰迷""丰粉"的主体渐渐变成70后、80后、90后、00后和10后。

2019年4月中旬，我专程到青岛参加"人间情味，青岛丰采"展会，为大家讲解子恺漫画背后的逸闻轶事，偶遇到一位朋友，专门带来一幅丰子恺的画《把酒话桑麻》，请我们鉴定，他说这幅画是他父亲传给他的，珍藏至今。画面破损，显然是历经了战乱和政治运动保留下来的。我告诉他，外公的画《把酒话桑麻》有几种版本。他的画虽然破旧，但100%是真迹，盼他找人修复后好好保存。在青岛展会，居然看到外公的真迹，真令我，也令在场的我的弟妹、观众们激动不已。

有一位收藏界的朋友说，书画拍卖市场上，唯有丰子恺的画，拍卖价年年上涨。近年来，网上和拍卖市场上"子恺漫画"赝品不少，屡有人模仿。前些年小姨说网上假的子恺漫画占到60%以上，近年竟占到80%~90%！常有人拿着画找到小姨丰一吟，请她鉴定真伪。

小姨说过："我待在父亲身边数十年，看他作画的机会比别人多些，也就卖卖老资格。""父亲作画前往往先用木炭条勾一个大致的草稿（尤其是人物），画毕后用手帕拍去木炭。有时会留下一点痕迹。"[①] 所以有木炭痕迹的画未必是假画。

我读中学时曾向外公学画，从上世纪八十年代起，又花功夫向小姨学"仿丰画"。在教我画画期间，小姨给我讲过不少辨别丰子恺漫画的技巧和故事。

她说，首先看画题。外公是书法家，他的字自成一体。小姨说："自成一格的'子恺书法'便与'子恺漫画'同时诞生。""严谨中带有潇洒，凝重中不失妩媚。"小姨又说："用苏东坡的'端庄杂流丽，刚健含婀娜'十个字来评论我父亲的书法，是很恰当的。"[②] 显然，外公的字极难模仿，往往一看画题书法便知真假。

上世纪九十年代我住在中关村科学院宿舍，有一天晚上我和爱人散步到一个大商场，楼上有一层卖字画。其中有一幅丰子恺的画，画幅较大，标价两万元。我仔细看了看，从画题书法到杨柳、山石、人物、枯笔等看出共计五类错误，肯定是赝品。我打电话告诉小姨，她让我告诉商场经理这是假的，买家肯定是丰迷，那个年代两万元不是小数目，花大钱买一幅假画太不值。由于工作忙，我过了半个月才去商场，一看那幅画没有了。我问经理，他说："卖了呀，这是大画家的画，两万元太值了。"我无言以对。

小姨还给我讲过两个有趣的故事。外公早年向李叔同先生学素描学油画，走的是西洋画的路子，外公又受到中国古代水墨画的影响，直到去日本留学，外公偶尔发现竹久梦

---

① 丰一吟：《天于我，相当厚》，第99页，上海远东出版社，2009。
② 丰一吟：《〈丰子恺书法〉编后记》，见《丰子恺书法》，四川美术出版社，1988。

二的画册，得到很多启发，从此画风一变，经过若干年"修炼"，形成自己"尝试成功自古无"的风格。也就是说外公的画风有一个演变过程，而外公的早年画作几乎绝迹。八十年代有位海外华人持一幅外公早年的画请小姨欣赏，这是她以二十万新加坡元拍下来的，果然是外公早期的画风。小姨说，仔细看看，看出破绽。比方说外公二十八岁可以画他二十六岁的风格的画，但绝不能画他三十岁风格的画。根据这幅画上的题款，正是犯了时间上的错误（物理上称为"时间反演"），肯定是赝品，但画得真好!

还有一次，一位朋友持一幅外公的画请小姨欣赏，这幅画的宣纸是黄色的。小姨告诉我这幅画也是假的。小姨说，外公从来都用白色的宣纸作画。也有例外，比如有朋友拿一张带色的宣纸请外公作画。但这种情况下外公一定题款:"某某仁兄大人雅属①"或"雅赏"，没有例外。这张黄色宣纸上的画没有题款，肯定是赝品，但画得真好真像!

我问小姨是否向他们说明这是假画，小姨说她没有点破:"人家花了大价钱买了下来，你说是假画他们该多懊恼!"

---

① "属"读音为"嘱"，是很文雅客气的说法，例:您嘱咐我画某一幅画。

三

外公的师友

送 别

〔近代〕李叔同

长亭外^[1]，古道边，芳草碧连天。晚风拂柳笛声残，夕阳山外山^[2]。

天之涯，海之角^[3]，知交半零落^[4]。一壶浊酒尽余欢，今宵别梦寒。

长亭外，古道边，芳草碧连天。晚风拂柳笛声残，夕阳山外山^[5]。

....

注释

[1] 长亭：古代道路每隔十里设长亭，为行旅提供休息之所，也是送别之处。"十里长亭"逐渐成为送别的代名词。

[2] 夕阳山外山：宋戴复古《世事》诗有"春水渡旁渡，夕阳山外山"之句。

[3] 海：丰子恺手抄《送别》作"地"。

[4] 知交：相知交心的朋友。

[5] "长亭外"等句：这是一首歌词，最后重章复唱，把第一段再唱一遍。本篇选自李芳远1946年所编《弘一法师文钞》。

....

评述

　　李叔同（1880—1942），原名文涛，字息霜，浙江平湖人。早年曾留学日本，加入同盟会，回国后教授音乐、美术，与戏剧家欧阳予倩共同创办春柳社。1918年，在杭州虎跑寺削发为僧，号弘一。"离别"之所以成为千百年来诗词创作的母题，就在于它是牵动人类情感的重要线索之一。江淹在《别赋》里就说："黯然销魂者，惟别而已矣。"李商隐有"相见时难别亦难，东风无力百花残"之句。历代以送别为主题的诗词中，李叔同的《送别》独树一帜，它哀婉淡雅、配曲清丽，加以李叔同"悲欣交集"的人生经历，这些交织在一起，丰富了人们对词作内涵的理解。长亭、古道、芳草、晚风、柳枝、笛声、夕阳、远山，这一连串意象的使用，勾连起人内心最为柔软的情愫。下阕吐露内心愁绪，天涯海角，知交零落，这种时空沧桑勾起的心灵悸动，颇有刘禹锡"世上空惊故人少，集中惟觉祭文多"的况味。最后归结的余欢、梦寒，其实是从长亭之别转到生死之别，徒然叹息中凝结了人类最为优美的愁绪。

决定外公人生的一晚

外公家有除夕演出的传统。除夕那天，全家老小几十口聚集在外公家，吃完丰盛的年夜饭，紧接着就是全家大合唱："长亭外、古道边，芳草碧连天……"由多才多艺的小娘舅钢琴伴奏。

这首歌是美国人约翰·P·奥德威作曲，传入日本，由李叔同作词的。在我国可能是流传最广、大家最爱唱的歌曲之一。李叔同就是弘一法师，他是外公的恩师，对外公的人生影响极为深刻。外公常常给我们讲恩师李叔同的故事。

在复兴中学读书时，我曾经告诉外公，初中和高中，教我们几何的尤彭辛和赖云林两位老师讲课讲得非常好，我非常喜欢几何，学习成绩也很好。有一次课上赖云林老师为大家分析了一道证明三点一直线的几何难题后，潘祖骏同学说："有这么好的老师是我们大家的幸福。"听完我的话，外公对我说，当年他读浙江第一师范学校时担任级长，各门功课都学得好，常常名列第一。外公说，有一次几何考试老师出错题，外公第一个站起来报告老师考题出错了。老师呵斥外公，说："考题不会错，你不会做你交卷出去！"这时，又有好几位同学站起来对老师说："子恺君说得对，题确实错了。"外公说，当时老师涨红了脸，汗就流下来了……

我很好奇，就问外公为什么不学理工科而学了艺术。外公接着给我讲了一个故事。他说，李叔同先生当时在浙一师教音乐美术，由于讲得好，加上李先生已经是国内著名的艺术家和教师，他的"人格魅力"使得艺术课成了浙一师的主课。一天晚上，外公到李先生的房间交完作业要走。李先生

1 9 5

喊外公转来，用很轻而严肃的声音和气地对他说："你的画进步很快，我在南京和杭州两处教课，没有见过你这样进步快速的人。你以后可以……"外公马上领悟了，他在《为青年说弘一法师》一文中说："算起命来，这一晚一定是我一生中一个重要关口。因为从这晚起，我打定主意，专门学画，把一生奉献给艺术，直到现在没有变志。"

外公说，从那一晚起，他全身心攻读艺术课：美术和音乐。学校钢琴不多，外公说他吃饭很快，一吃完就去抢钢琴。这颇有点像我们北大学生快速吃完饭去抢图书馆的座位一样。外公的美术和音乐快速进步，但一个人的精力毕竟有限，别的功课就落后了，数学有时竟考末名。幸而有初一、初二时的高分，外公以第二十名毕业于浙一师。后来外公成了"名满天下，妇孺皆知"的艺术大师。那一夜交作业时李先生的一番话，无疑是决定他人生道路的里程碑。

忆儿时

〔近代〕李叔同

春去秋来，岁月如流，游子伤漂泊。回忆儿时，
家居嬉戏，光景宛如昨。

茅屋三椽[1]，老梅一树，树底迷藏捉。高枝啼鸟，
小川游鱼，曾把闲情托。

儿时欢乐，斯乐不可作，儿时欢乐，斯乐不可作。

......

注释

[1] 椽（chuán）：即椽子，承托屋面用的木构件。

......

评述

　　这也是一首李叔同出家前的词作，感怀时光，追忆儿时欢
乐。春天匆匆溜去，秋天蹒跚而至，时光如流水，时刻不息。
如今我漂泊在外，想到儿时在家嬉戏的诸般场景，历历眼前，
如同昨日。三两间破败的茅屋，旁边立了一树老梅，三五孩童，
在树下正捉迷藏。鸟蹦跳在高枝上，叽喳不停，游鱼在水里散
漫着，我也曾觉得这生趣盎然，寄情于此，沉醉不已。这都是
儿时特有的欢乐啊，时光不复，也把那欢乐给带走了，都带走
了啊。词中所描绘的场景：老梅下捉迷藏、鸟啼于高枝、鱼游
于浅川，与丰子恺先生有些画作的兴味相投。艺术作为词，艺
术作为画，散漫相通之处，也像极两位先生的性情，淡然隽永。

| 情系城南草堂 |

　　外公在某年写的《佛法因缘》一文中曾说过：李叔同家在天津，他父亲是有点资产的。他父亲生他时已经六十八岁，有好几房姨太太。五岁上父亲就死了。家主新故，门户又复杂，家庭中大概不安。故一谈到母亲，李叔同先生就一皱眉，摇着头说："我的母亲——生母很苦！"他非常爱他母亲，二十岁时陪母亲南迁上海，住在大南门金洞桥畔一所许宅的房子——即所谓"城南草堂"。李叔同先生肄业于南洋公学，读书奉母。他母亲在他二十六岁的时候就死在这屋里。李先生自己说："我从二十岁至二十六岁之间的五六年，是平生最幸福的时候。此后就是不断的悲哀与忧愁，一直到出家。"

　　外公说弘一法师曾深情地回忆房子旁边有小浜，跨浜有苔痕苍古的金洞桥，桥畔立着两株两抱大的柳树。城南草堂常常惹他的思慕，当年他教音乐时，曾取一首凄婉呜咽的西洋名曲 *My Dear Old Sunny Home*（《我可爱的阳光明媚的老家》），改作一曲《忆儿时》："高枝啼鸟，小川游鱼，曾把闲情托。"那是对美好时光的追忆。

　　李叔同出家后，外公他们曾经陪他重访城南草堂的旧址，法师一一指示，哪里是浜，哪里是桥、树，哪里是他当时进出惯走的路。又说，这是公共客堂，这是他的书房，这是他私人的会客室，这楼上是他母亲的住室，这是挂"城南草堂"的匾额的地方……

　　当时外公眼前仿佛显出二十几年前后的两幅对照图，起了人生刹那的悲哀。外公耽于遐想："如果这母亲迟几年去世，如果这母亲现在尚在，局面又怎样呢？恐怕他不会做和尚，我不会认识他……"[1]

1942年10月13日，弘一法师在泉州逝世，外公当时坐在窗下沉默了几十分钟，发了一个愿：为法师造像（就是画像）一百尊，分寄各省信仰他的人，勒石立碑，以垂永久。外公说："幸而法师的线条画像，看的人都说像，大概是他的相貌不凡，特点容易捉住之故。""还有一个原因，他在我心目中印象太深之故。我自己觉得，为他画像的时候，我的心最虔诚，我的情最热烈。"

写到这里，我忽然忆起2018年秋，在中国美术馆丰子恺120周年诞辰纪念画展开幕式上，北京天使童声合唱团的小天使们演唱的由李叔同先生作词的《归燕》：

　　几日东风过寒食，秋来花事已烂珊，疏林寂寂变燕飞，低徊软语语呢喃。呢喃，呢喃！雕梁春去梦如烟，绿芜庭院罢歌弦，乌衣门巷捐秋扇。树杪斜阳淡欲眠，天涯芳草离亭晚。不如归去归故山。故山隐约苍漫漫。呢喃，呢喃！不如归去归故山……

---

[1] 丰子恺：《佛法因缘》，见《丰子恺全集》（文学卷一），第88页，海豚出版社，2014。

春　游

〔近代〕李叔同

春风吹面薄于纱[1]，春人妆束淡于画。
游春人在画中行，万花飞舞春人下。

注释

［1］春风很暖，吹在人脸上如同薄纱般轻柔。

评述

　　1913年，李叔同在《白阳》杂志上发表了中国第一部三声部合唱曲《春游》。这首《春游》诗便是这部大名鼎鼎的合唱曲的前四句。李叔同善于用画家的双眼捕捉生活中稍纵即逝的精彩瞬间。例如这首诗中描绘了春风和暖，如同薄纱轻拂人面。游春人群中，丽人妆容舒朗清淡，宛美动人，如同行走在写意山水画中。万花飞舞，纷纷落下，游春之人不经意地轻踏落花而过。零落成泥，周而复始，春光在最绚烂处归于平淡。诗人寥寥数笔，勾勒出游春之人的翩然身姿，同时也摹状出春光的绚丽与短暂。白描般的笔调中流露出丝丝禅意，回味隽永。

| 人生"三层楼" |

母亲说王国维在《人间词话》说过:"古今之成大事业、大学问者,必经过三种之境界。""昨夜西风凋碧树,独上高楼,望尽天涯路"(晏殊《蝶恋花》)说的是做学问、做事业首先应该登高望远,要立计划;"衣带渐宽终不悔,为伊消得人憔悴"(柳永《蝶恋花》)是说要废寝忘食、孜孜不倦地追求;"众里寻他千百度,蓦然回首,那人却在,灯火阑珊处"(辛弃疾《青玉案》),指的是功夫到家,就会渐入佳境,豁然开朗。我还想问该如何一步步登上这三个境界,母亲说你去问外公吧。

周六我去问外公,外公说,我和你讲讲李叔同先生的故事。夏丏尊先生曾经指出李叔同先生做人的一个特点是"做一样,像一样"。少年时做公子,像个翩翩公子。中年时做名士,像个风流名士;办报刊,像个编者;当教员,像个老师;三十九岁出家做和尚,像个高僧。

外公在《我与弘一法师》《回忆李叔同先生》中,曾说过李叔同对于艺术,差不多全般皆能,而且每种都很出色。他年轻时曾是京剧名票,演《白水滩》活像盖叫天;留学日本,办"春柳社",演《茶花女》像个演员;学油画,像个美术家。他的油画,写实风而兼印象派笔调,每幅都很稳健、精到,为我国洋画界难得的佳作;学钢琴,像个音乐家;开明书店出版的《中文名歌五十曲》中载着李先生的作品不少,每曲都脍炙人口;他的诗词文章典雅秀丽,不亚于苏曼殊,例如这首《春游》"游春人在画中行"。

他怎么由艺术升华到宗教呢?当时人都诧异,以为李先生受了什么刺激，忽然"遁入空门"了。外公说："我却能理解他的心，我认为他的出家是当然的。"外公以为，人的生活可以分作三层：一是物质生活，二是精神生活，三是灵魂生活。物质生活就是衣食。精神生活就是学术文艺。灵魂生活就是宗教。"人生"就是这样的一个三层楼。住在第一层，穿衣吃饭，成家立业，生育子女。做得好一点的，无非是锦衣玉食，尊荣富贵，孝子慈孙，这样就满足了。这也是一种人生观。抱这样的人生观的人，在世间占大多数。

如果有精力，高兴走楼梯的，就爬上二层楼去。这就是专心学术文艺的人，做教育做管理的人。"衣带渐宽终不悔"，他们把全力贡献于学问的研究，把全心寄托于文艺的创作和欣赏，或当教师、教授，或当官。这样的人，在世间也很多，即所谓"知识分子""学者""艺术家""厂长经理""市长省长"。

还有一种人，在二层楼做到极致，就再走楼梯，爬上三层楼去。这就是宗教徒了。他们做人很认真，满足了"物质欲"还不够，满足了"精神欲"还不够，必须探求人生的究竟。他们找到了精神、灵魂的归宿，以为财产子孙都是身外之物，学术文艺都是暂时的美景，连自己的身体都是虚幻的存在。"众里寻他千百度，蓦然回首，那人却在，灯火阑珊处"。

外公知道我喜欢天文，就问我："科学家、天文学家的最终极的研究是什么？"我回答有三类问题：一、宇宙的起源，例如我爱读的《每月之星》中讲到的"膨胀的宇宙"。二、物质的结构、基本粒子。记得当时复旦大学教授来学校做黎曼几何的讲座，讲到基本粒子是目前科学研究的最前沿。三、生命的奥秘。我还告诉外公，一些天文学家解释不了膨胀的宇宙现象，最后相信上帝了。

外公听了点头，说科学家追究生命的来源、宇宙的根本，这才能满足他们的"人生欲"，有人最后竟成了宗教徒。外公又说：我用三层楼为比喻人生。弘一法师做人做事的原则，是严肃、认真、献身。不做则已，要做，一定要做得彻底。他早年对母尽孝，对妻子尽爱，安住在第一层楼中。中年专心研究艺术，献身教育，发挥多方面的天才，便是迁居在二层楼了。强大的"人生欲"不能使他满足于二层楼，于是爬上三层楼去，做和尚，修净土，研究佛教中最艰深的律宗。

在弘一法师二十多年的僧腊期间（出家期间称僧腊），飞锡竺鞋，三衣一钵，是一位完完全全的苦行头陀。看到他的人，谁也不会相信这双手曾经挥油画笔，弹钢琴，这个腰曾束细到一把扮茶花女。然而艺术心和美欲终于未曾熄灭，而浮现在法师写的佛号和经文之中，笔致非常秀雅，行间布局非常匀称，每一件都是精良的艺术品。

艺术的最高点与宗教相接近，二层楼的扶梯的最后顶点就是三层楼，所以弘一法师由艺术升华到宗教，是必然的事。外公还由此引申讲解了"须知诸相皆非相，能使无情尽有情""无声之诗无一字，无形之画无一笔"两句诗。

李叔同先生在浙江第一师范当教师时，身边有一只金色的挂表，外公印象殊深。解放后居然在一家旧货店购得，外公如获至宝，就修修自己戴了，犹如见到了当年的老师。外公就把自己的铁达时手表给了我，我曾用了多年。

示长安君[1]

〔北宋〕王安石

少年离别意非轻，老去相逢亦怆情[2]。
草草杯盘共笑语[3]，昏昏灯火话平生。
自怜湖海三年隔，又作尘沙万里行。
欲问后期何日是，寄书尘见雁南征。

注释

[1] 长安君：指王淑文，王安石长妹，受封长安君。

[2] 怆情：悲伤。

[3] 草草：随便准备下的。杯盘：泛指酒、菜。

评述

　　王安石，字介甫，号半山，抚州临川人，北宋著名政治家、文学家。嘉祐五年（1060），他在即将出使辽国之时，给长妹王淑文写了这首《示长安君》。从诗中我们知道，王安石与妹妹手足情深，才经历了长达三年的分别，刚刚重逢，又要再次分离。这首诗从少年分离与老来分别的差异入手，自己对少年时的分别尚且看得很重，到了暮年，更是连重逢都让人觉得伤感。简单的酒菜、昏黄的灯火都不重要，重要的是手足相聚，共话天伦之乐。诗人自我感慨：长久的

"拜　拜。"

分别之后刚刚重逢，而自己又要在万里尘沙中赴辽国远行，不知何时才能再会。今后只能靠鸿雁传书，聊寄相思了。诗歌让我们看到了"拗相公"王安石温情脉脉的一面。"草草杯盘共笑语，昏昏灯火话平生"也成为了表达朋友之间真挚情谊的警句。

❙　白马湖作家群　❙

"五四"以后，朱自清、夏丏尊、丰子恺、叶圣陶、朱光潜、刘熏宇、经亨颐、俞平伯、匡互生等一批思想活跃、学术水平高、创作颇丰的作家先后汇聚在浙江上虞的白马湖畔和上海立达学院，他们既是师生，更是朋友，文学史上称为"白马湖作家群"。他们具有相近的文化气息和卓越的人格风范，虽然共事的时间不算长，却对"子恺漫画"的形成有重要的影响[①]。

郑振铎更是高度评价外公丰子恺的漫画：《人散后，一钩新月天如水》，他说："从那时起，我记下了'子恺'的名字。恰好《文学周报》里要用插图，我便想到子恺的漫画。这些漫画，没有一幅不使我生一种新鲜的趣味。我尝把它们放在一处展阅，竟能暂忘了现实的苦闷生活。有一次，在许多的富于诗意的漫画中，他附了一幅《买粽子》，这幅上海生活的片断的写真，又使我惊骇于子恺的写实手段的高超。"

"当我坐火车回家时，手里挟着一大捆的子恺的漫画，心里感着一种新鲜的如占领了一块新地般的愉悦。回家后，细细把子恺的画再看几次，又与圣陶、雁冰同看，觉得实在没有什么可弃的东西，都刊载在这个集子里。"这大约是《子恺漫画》的第一本出版物吧！

朱自清曾为《子恺漫画》作序，他说："小客厅里，互

[①]　陈星：《新月如水——丰子恺师友交往实录》，中华书局，2006。
　　杨子耘，马永飞，宋雪君：《星河界里星河转——丰子恺和他的朋友们》，上海文化出版社，2019。
　　浙江省漫画家协会：《卖花人去路还香》，浙江人民美术出版社，2013。

相垂直的两壁上，早已排满了那小眼睛似的漫画的稿；微风穿过它们间时，几乎可以听出飒飒的声音。""我们都爱你的漫画有诗意；一幅幅的漫画就如一首首的小诗——带核儿的小诗。你将诗的世界东一鳞西一爪地揭露出来，我们就像吃橄榄似的，老觉着那味儿。"

朱光潜在《丰子恺的人品与画品》中说："一个人须先是一个艺术家，才能创造真正的艺术。子恺从顶至踵是一个艺术家，他的胸襟，他的言动笑貌，全都是艺术的。他的画里有诗意，有谐趣，有悲天悯人的意味；它有时使你悠然物外，有时候使你置身市井。他的画都极家常，造景着笔都不求奇特古怪，却于平实中寓深永之致。他的画就像他的人。"

俞平伯先生则说过："我不曾见过您，但是仿佛认识您的，我早已有缘拜识您那微妙的心灵了……所谓漫画，在中国实是一创格；既有中国画风的萧疏淡远，又不失西洋画的活泼酣恣。虽是一时兴到之笔，而其妙正在随意挥洒。一片片的落英都含蓄着人间的情味。"俞平伯十分喜爱丰子恺的漫画，他觉得在丰子恺的漫画里，柳树和燕子出现的频率很高，而且画得特别地生气盎然，活泼的柳条风中舞，轻盈的燕子语呢喃，有声有色有意有境，于是俞平伯就送了丰子恺"丰柳燕"这一雅号，真是个风雅至极、充满诗情画意。有人用谐音把"丰柳燕"读成"风流矣"，好有趣味！

巴金在《怀念丰先生》一文中说："我还记得在南京念书的时候，是在1924年吧，我就喜欢他那些漫画。看他描写的古诗词的意境，看他描绘的儿童的心灵和幻梦，对我是一种愉快的享受。"

白马湖和立达的同事，都是外公的知己朋友。朱光潜曾描写当时的情景："我们都是吃酒谈天的朋友，常在一起聚会。我们吃饭和吃茶，慢斟细酌，不慌不闹，各人到量尽为止，止则谈的谈，笑的笑，静听的静听。酒后见真情，诸人各有胜概，我最喜欢子恺那一副面红耳热，雍容恬静，一团和气的风度。我们保持着嚼豆腐干花生吃酒的习惯。我们大都爱好文艺，酒后有时子恺高兴起来了，就拈一张纸作几笔漫画，我们传看，心中各自喜欢，也不多加评语。有时我们中间有人写成一篇文章，也是如此。这样地我们在友谊中领取乐趣，在文艺中领取乐趣。"

后来我在外公家，曾多次见到外公和朋友喝酒喝茶长谈，真是"草草杯盘共笑语，昏昏灯火话平生"。客人走后，外公常向我们简单介绍客人的生平。由于时代久远，来访客人大都想不起来。只记得有吴湖帆、贺天健、巴金、沈定庵、张乐平、费新我、王个簃、钱君匋等，常来的还有梅兰芳先生的琴师倪秋平。

还有一次茅盾先生来访，和外公喝酒长谈。不久，外公为茅盾先生的小说《林家铺子》作的插图在《文汇报》上陆续发表。

短歌行^[1]

〔东汉〕曹　操

对酒当歌，人生几何！譬如朝露，去日苦多^[2]。

慨当以慷^[3]，忧思难忘。何以解忧？唯有杜康^[4]。

青青子衿，悠悠我心^[5]。但为君故，沉吟至今。

呦呦鹿鸣，食野之苹。我有嘉宾，鼓瑟吹笙^[6]。

明明如月，何时可掇？忧从中来，不可断绝。

越陌度阡^[7]，枉用相存^[8]。契阔谈讌^[9]，心念旧恩。

月明星稀，乌鹊南飞^[10]。绕树三匝^[11]，何枝可依？

山不厌高，海不厌深^[12]。周公吐哺^[13]，天下归心。

....

注释

[1]《短歌行》在汉乐府中属于《相和歌·平调曲》，曹操借
用旧题写作新诗。

[2] 去日：已经逝去的日子。苦多：极多。苦：极，非常。

[3] 慨当以慷：应该慷慨高歌。

[4] 杜康：相传酿酒术的发明人，此处代指酒。

[5] "青青子衿"二句：用《诗经·子衿》成句，表示持久
地思慕贤才。青衿是周代官学学生的服饰，衿：衣领。
子：对对方的尊称。悠悠：长久。

[6] "呦呦鹿鸣"等四句：用《诗经·鹿鸣》成句，《鹿鸣》
是宴宾客的诗，用在这里表示接纳、款待贤才。呦呦：
鹿鸣叫的声音。苹：艾蒿。鼓：弹奏。瑟、笙：乐器名。

[7] 越陌度阡：古谣谚说："越陌度阡，更为客主。"这里指

的是贤士远道来访。

［8］枉用相存：贤能之士屈尊来光顾我。枉：枉驾，屈尊。
　　　存：问候。

［9］契阔谈讌：朋友离别后再聚时一起畅饮谈心。契：聚、
　　　合。阔：散、离。

［10］乌鹊南飞：诗人以乌鹊比喻贤才，贤能之士留在中原
　　　　有用武之地，而南飞则不能得到任用。

［11］匝（zā）：圈。

［12］山不厌高，海不厌深：出自《管子·形势解》：“海不
　　　　辞水，故能成其大；山不辞土石，故能成其高；明主
　　　　不厌人，故能成其众。”厌：满足。

［13］吐哺：吐出口内正吃的东西。《史记·鲁周公世家》说
　　　　周公“一沐三握发，一饭三吐哺，起以待士，犹恐失
　　　　天下之士”。

评述

　　曹操一生戎马倥偬，却笔耕不辍。此诗借汉乐府《短歌
行》旧题而翻出新意。它的主旨并不是强调人生短暂，需要及
时行乐，“何以解忧？唯有杜康”，而是反复强调、吟咏自己求
贤若渴：“青青子衿，悠悠我心。但为君故，沉吟至今。”甚至
借用乌鹊南飞的意象，来表达天下贤士都应该归拢到曹操帐
中，为己所用。在反复比兴之后，末尾一句，曹操表露出自己
渴望贤才到了西周初年的周公旦那样“一饭三吐哺”的程度，
同时也表露出自己如同周公一样，并吞海内，一扫六合的终极
理想。整首诗看似凌乱，实则完全统一于求贤这个主题之下。
节奏铿锵，情感真挚，是东汉四言诗的代表作之一。

| 三杯不记主人谁 |

外公的日常生活，除了画，还有两件事离不开，就是诗和酒。周末去外公家，晚上他常常喝酒，端了一杯酒，在"日月楼"的客厅或二楼前面的阳台上，一面喝酒，一面吟诵诗词。除了独酌，外公更喜欢和朋友共酌，朋友们常常一开始还客气，但三杯酒下肚就开始高谈阔论，忘了谁是主人，谁是客人。外公曾给我讲他三十余年前在立达学院的一件旧事。说，有一天，他遇见朋友CT（郑振铎，姓和名英文的第一个字母）。CT说："子恺，我们吃西菜去。"他们就走到新世界对面的晋隆西菜馆楼上，点了两客公司菜（即西餐），外加一瓶白兰地。吃完之后，仆欧送账单来。CT对外公说："你身上有钱吗？"外公说"有！"摸出一张五元钞票来，把账付了。一同下楼，各自回家——CT回到闸北，外公回到江湾立达学院。过了一天，CT到江湾来看外公，摸出一张拾元钞票来，说："前天要你付账，今天我还你。"外公惊奇而又发笑，说："账回过算了，何必还我？更何必加倍还我呢？"外公定要把拾元钞票塞进他的西装袋里去，他定要拒绝。坐在旁边的立达同事刘薰宇，就过来抢了这张钞票去，说："不要客气，拿到新江湾小店里去吃酒吧！"大家赞成。于是号召了七八个人，夏丏尊先生、匡互生、方光焘都在内，到新江湾的小酒店里去吃酒。吃完这张拾元钞票时，大家都已烂醉了。

我不禁想起黄庭坚的对联：

断送一生唯有，破除万事无过。

外公说其实这是一位诗人的两句诗："断送一生唯有酒""破除万事无过酒"。把两句的末一个"酒"抹去就成了一幅对联。外公又略带伤感地说："夏先生和匡互生均已作古，刘薰宇、方光焘不知又在何处。"外公吟诵了苏东坡的《西江月》：

世事一场大梦，人生几度秋凉？夜来风叶已鸣廊。看取眉头鬓上。

酒贱常愁客少，月明多被云妨。中秋谁与共孤光。把盏凄然北望。

我读中学时，有一次外公指着报上的一条新闻对我说："郑振铎先生坐的飞机出事了。"记得当晚外公一个人喝闷酒，整个晚上一句话都不讲。

2018年在上海"海上风采——纪念丰子恺先生诞辰120周年"丰子恺作品展会上偶遇郑振铎先生的后人郑源，回忆先辈大师们的音容笑貌，恍如昨日，而斯人已逝，如同隔世，令人唏嘘不已。

七　绝

〔近代〕苏步青

草草杯盘共一欢[1]，莫因柴米话辛酸。
春风已绿门前草，且耐余寒放眼看[2]。

···

注释

[1] 草草杯盘：指生活非常朴素。
[2] 春风句的意思是眼下虽然艰难，但胜利在望。

···

评述

　　苏步青（1902—2003），数学家、教育家，浙江平阳人。历任浙江大学、复旦大学教授、校长，中科院院士，全国政协副主席。在国难当头的艰苦岁月，苏步青与丰子恺等浙江大学学人秉承"艰难困苦、玉汝于成"的精神，努力在各自的领域里创造了辉煌的成绩。他们的友情成为近代学人交往史上的一段佳话。苏步青这首诗歌的前两句表达了不会为生活的艰辛而屈服的坚强意志，后两句看似是景物描写：春风染绿了门前的草，余寒也不会坚持几天了，实际上表达了苏步青对抗战定能取胜的坚定期许。

| 父母的证婚人苏步青 |

上世纪五十年代我在复兴中学读书时，一个星期天有一位朋友来探望外公，两人谈了很久，还不时传来一阵一阵的笑声。朋友走后，外公告诉我们这是复旦大学的教授、数学家苏步青。外公说这位数学家还是一位诗人，"草草杯盘共一欢，莫因柴米话辛酸"就出自他的手笔。外公说苏先生还写过不少描写故乡、描写雁荡山的诗词，如"子规声里情难遣，心随飞鸿雁荡边"。外公还说："苏步青是你父母亲的证婚人。"当时我并未在意。

1956年苏步青获得中国科学院颁发的科学奖，外公赠苏步青一幅画，记得好像是《扶摇直上》（画的是两个人在放风筝），"摇"是"鹞"的谐音，风筝又叫"纸鹞"。记得外公说过这幅画既有夸奖苏步青教授的意思，还有一层意思就是喻示当时国家建设发展很快。1958年"大跃进"时，外公又在报上发表了这幅《扶摇直上》，留下了那个时代的痕迹。

2006年到2007年，母亲和父亲先后去世。我们在父亲的遗物中忽然发现一张父母亲的"结婚证书"，由外公用毛笔书写。证婚人一栏写的正是"苏步青"。

苏步青是温州平阳人，我父亲也是温州平阳。而外公的老师弘一法师（李叔同）曾在温州度过了十二年，称温州是自己的"第二故乡"。外公的朋友中有很多温州人，如郑振铎、王国松、李瑜、白正国、马公愚、张光、方介堪等。

2018年，丰公的"粉丝"沈国林先生在温州衍园举办"春风到我庐——纪念丰子恺先生诞辰120周年书画展"，展出多幅温州朋友收藏的子恺漫画。当时苏步青先生之子、日本奈良大学名誉教授苏德昌发来贺信，称"我敬仰丰子恺先生，遵循他的精神，以他的为人和做人作为我的里程碑"。

2019年，外公亲手书写、记录浙大西迁往事的"婚礼签名贴"回到浙大。5月16日，由浙大、桐乡丰子恺研究会、丰子恺纪念馆、上海丰子恺研究会、温州浙大校友会等联合举办的"不畏浮云遮望眼：丰子恺的浙大缘与温州情"书画展在浙大紫金港园区启幕，丰子恺后人及浙大西迁校友二代等近百位嘉宾出席。书画展展出多幅外公的画，其中《不畏浮云遮望眼　只缘身在最高处》，画中人单枪匹马立于山巅，凸显出抗战时期中国人民不畏艰险、展望胜利的气概。浙大副校长罗卫东致辞："丰子恺是浙大西迁教师群体的一个代表。'不畏浮云遮望眼'，希望后人弘扬以丰子恺为代表的浙大先贤们筚路蓝缕、玉汝于成的求是精神和西迁精神。"

过蒲田[1]

〔近代〕苏曼殊

柳阴深处马蹄骄[2]，无际银沙逐退潮。
茅店冰旗直市近[3]，满山红叶女郎樵[4]。

....

注释

[1] 蒲田：在日本东京都大田内，毗邻东京湾。

[2] 马蹄骄：形容马蹄矫健轻快的样子。

[3] 冰旗：卖冷饮的店的招牌。

[4] 樵：本指打柴，此处借指女郎捡拾红叶。

....

评述

　　苏曼殊，近代诗人、翻译家，广东香山人。曾三次出家，又三次还俗，法号曼殊。能诗善画，诗风"清艳明秀"，有《曼殊全集》传世。1909年，苏曼殊陪义母河合仙旅行。此诗作于去海滨途中。开篇描绘了一幅色彩浓丽而又与传统诗歌意境有别的画卷：柳荫之下马蹄轻盈，不远处银色的沙滩直通大海。海滨的茅草小店，悬挂着的是冷饮店的招牌，近代日本的风味扑面而来。最令人叫绝的是最后一句"满山红叶女郎樵"。樵采本是农耕文明时代人们收集赖以生活的燃料的一种日复一日的艰辛劳动，然而在苏曼殊的诗歌中，

满山红叶女郎樵

子恺画

从事樵采工作的竟然是美丽动人的女郎。不仅如此，樵采女子身处满山红叶之中，采集的是红叶。女郎采红叶，如此明媚的画面，却与"樵采"的场景关联起来，因而使得这句诗产生了新鲜活泼的意境。

| 拜访梅兰芳先生 |

当年外公也酷爱京剧，外公说他自己"爱平剧（即京剧），始于抗战前几年"，"留声机上的平剧音乐，渐渐牵惹人情，使我终于不买西洋音乐片子而专买平剧唱片，尤其是梅兰芳的唱片了"。抗战期间，梅兰芳先生"蓄须明志"，不为日寇唱戏。外公曾夸奖梅兰芳："我觉得这不是胡须，这是英雄的侠骨。他身上兼备儿女柔情与英雄侠骨！日寇侵占上海之时，野心勃勃，气势汹汹，有鲸吞亚东大陆之概。我中国人民似乎永无翻身之一日了。于是'士夫'之中，倒戈者有之，媚敌者有之，所欲无甚于生者，不知凡几。梅先生在当时一'优伶'耳，为'士夫所不齿'，独能毅然决然，蓄须抗战，此心可与日月争光！此人真乃爱国英雄！"

外公曾于1947、1948年两度访问梅兰芳先生，并先后发表文章《访梅兰芳》《再访梅兰芳》。外公平生主动访问素不相识的有名的人，以梅兰芳先生为第一次。在1948年5月25、26日发表在《申报》上的《再访梅兰芳》中，外公写到：

> ……深恐在演出期内添他应酬之劳，原想不去访他。但看了一本《洛神》之后，次日到底又去访了。这回不告诉外人，不邀摄影记者同去，但托他的二胡师倪秋平君先去通知，然后于下午四时，同了两女儿悄悄地去访。刚要上车，偏偏会在四马路上遇见我的次女的夫婿宋慕法。他正坐在路旁的藤椅里叫人擦皮鞋，听见我们要去访梅先生，擦了半双就钻进我们的

车子里，一同前去了。陈宝和一吟说他"天外飞来的好运气"！因为他也爱好平剧，不过不及陈宝、一吟之迷。在戏迷者看来，得识伶王的真面目，比"瞻仰天颜"更为光荣，比"面见如来"更多法悦。

握手寒暄之间，我看见梅博士比去春更加年轻了。脸面更加丰满，头发更加青黑，态度更加和悦了。又瞥见陈宝、一吟和慕法，目不转睛地注视他，一句话也不说，一动也不动，好像城隍庙里的三个菩萨，我觉得好笑。不料他们的视线忽从主人身上转到我身上，都笑起来。我明白这笑的意思了：我年龄比这位主人小四岁，而苍颜白发，老相十足；比我大四岁的这位老兄，却青发常青，做我的弟弟还不够。何况晚上又能在舞台表演美妙的姿态！上帝如此造人，真是欠通欠通！怎不令人发笑呢？

两位艺术家倾心交流。外公送梅兰芳先生一把亲手书画的扇子，画的是曼殊上人的诗《过蒲田》"满山红叶女郎樵"，写的是弘一上人在俗时赠歌郎金娃娃的《金缕曲》，其词曰：

秋老江南矣。忒匆匆、春余梦影，樽前眉底。陶写中年丝竹耳，走马胭脂队里。怎到眼、都成余子。片玉昆山神朗朗，紫樱桃漫把红情系。愁万斛，来收起。泥他粉墨登场地。领略那、英雄气宇，秋娘情味。雏凤声清清几许，销尽填胸荡气。笑我亦布衣而已。奔走天涯无一事，问何如声色将情寄。休怒骂，且游戏。

外公说："书画都是我在一个精神很饱满的清晨用心写成的。因为这个人对于这样广大普遍的艺术负有这样丰富的天才，又在抗战时代表示这样高尚的人格，——我对他真心的敬爱，不得不'拜倒石榴裙下'（别人知道外公去拜访梅兰芳后，和外公开玩笑说的话）。我其实应该拜倒。"这把折叠扇意义非凡，是纪念两位艺术大师交往的无价之宝，不知是否还在梅家后人手里。

外公当时住在振华旅馆，他还感叹，"名满天下""妇孺皆知"（报刊夸奖外公的话）的丰子恺，旅馆的茶房和账房就不认识。直到第二天梅先生到旅馆来还访，茶房和账房们吃惊之下，方始纷纷去买纪念册来求外公题字。

外公对梅兰芳先生、对京剧的评价非常高，他在《再访梅兰芳》一文中觉得梅兰芳的艺术具有最高的社会价值，是最应该提倡的。

艺术种类繁多，不下一打：绘画，书法，金石，雕塑，建筑，工艺，音乐，舞蹈，文学，戏剧，电影，照相。这一打艺术之中，最深入民间的，莫如戏剧中的平剧（京剧）！山农野老，竖子村童，字都不识，画都不懂，电影都没有看见过的，却都会哼几声皮黄，都懂得曹操的奸，关公的忠，三娘的贞[1]，窦娥的冤[2]……而出神地欣赏，热诚地评论。足证平剧（或类似平剧的地方剧）在我国历史悠久，根深柢固，无孔不入，故其社会的效果最高。书画也是具有数千年历

---

[1] 指京剧《三娘教子》。
[2] 指京剧《窦娥冤》。

史的古艺术，何以远不及平剧的普遍呢？这又足证平剧不但历史悠久，而且在其本质上具有一种吸引人情，深入人心的魔力，故能如此普遍，如此大众化的。

外公对京剧的特殊爱好还有深层次的原因：京剧与子恺漫画的省略笔法十分相似。外公画人像，脸孔上大都只画一只嘴巴，而不画眉目。或竟连嘴巴都不画，相貌全让看者自己想象出来。而这正与京剧的表现相似：开门、骑马、坐车、摇船，都没有真的门、马、车与船，全让观者自己想象出来。想象出来的门、马、车与船，比实际的美丽得多。倘有实际的背景，反而不讨好了。曾有某小报拿外公取笑，大字标题曰"丰子恺不要脸"，文章内容，先把外公恭维一顿，末了说，他的画独创一格，寥寥数笔，神气活现，画人头不画脸孔，云云。只看标题而没有工夫看文章的人，一定以为外公做了什么不要脸的事。这小报真是戏谑！

我大姨丰陈宝本来就是京剧迷。她和大姨夫杨民望结婚时，原来外公想请梅兰芳做证婚人。但杨民望是虔诚的基督教徒，所以改由谢颂羔牧师为他们证婚[1]。

高三毕业考前夕，梅兰芳先生到上海演《宇宙锋》，我犹豫了一下，觉得这是个难得的机会，自己的功课准备得很充分了，还是和小姨去看戏，也没有影响考试。1961年春，我在北大读一年级时，梅兰芳到五道口剧场演《穆桂英挂帅》，我从北大京剧队买到楼上前排的票（记得是0.90元一张）去看大师的演出。梅兰芳一出场，就是一个"碰头好"（指名演员出场时观众的喝彩）。第五场"接印"，戏渐入高

---

① 丰一吟：《爸爸丰子恺》，第266页，中国青年出版社，2015。

峰，穆桂英听从佘太君的劝勉，答应挂帅，正准备改换戎装，耳听得聚将擂鼓之声，立刻振起当年奋勇杀敌的精神："猛听得金鼓响号角声震，唤起我破天门壮志凌云。我不挂帅谁挂帅，我不领兵谁领兵。"演到这里，全场观众被深深打动，爆发出雷鸣般的掌声。

想不到这场演出后不久，梅兰芳先生就得病去世了，《穆桂英挂帅》成了他一生最后演出的作品。

寒　夜

〔南宋〕杜　耒

寒夜客来茶当酒，竹炉汤沸火初红[1]。
寻常一样窗前月，才有梅花便不同。

. . . .

注释

[1] 竹炉：用竹篾编成套子套着的火炉。汤沸：热水煮沸。

. . . .

评述

　　杜耒，南宋诗人，字子野，号小山，江西抚州人。他的小诗《寒夜》描绘了一幅温馨的主客闲谈图卷：寒冷的冬夜，有客来访，主人拿出好茶代替美酒相待。炭火刚刚烧红，竹炉里面的水便沸腾起来。主客谈了什么，诗歌没说，读者只能通过一系列美妙的场景来猜测：小窗明月，与平日没什么两样，只是多了一枝疏淡的梅花，就显得格调不俗了。这似乎象征着主客问答、清谈夜坐的美好氛围。

| 忆倪秋平师 |

一个周末晚上，一位客人到外公家，刚进门就自报姓名："倪秋平到。"我和外公、小姨立刻迎了出去。外公说："今天不好意思，酒吃完了还没去买，请你喝新到的龙井茶吧。"倪先生随口就说："寒夜客来茶当酒。"外公说，想不到你还喜欢诗词啊？倪先生说他也常读古文诗词，因此特别敬仰外公。

倪秋平是梅兰芳先生的京二胡琴师，胡琴原来只是他的业余爱好，他曾向孙佐臣、徐兰沅学琴，业余爱好变成专业，曾给"四小名旦"之一、人称"小梅兰芳"的李世芳操琴。后经梅兰芳介绍正式拜王少卿为师。抗战胜利后，梅兰芳"剃须登台"，重新演出，就是王少卿的京胡，倪秋平的京二胡伴奏，一直到1952年。

外公和倪秋平早就是朋友。外公第二次访梅兰芳，就托倪先生先去联系。外公说这位琴师也颇不寻常："他在台上用二胡拉皮黄（指京剧，西皮、二黄是京剧的两种主要的调式），在台下却非常爱好西洋音乐，对朔拿大（sonata，即奏鸣曲）、交响乐的蓄音片（唱片），爱逾拱璧。"因有此家学，倪先生的女儿倪洪进在上海音乐学院为高才生，上世纪50年代留学苏联，是著名的钢琴演奏家。倪先生曾说过，他爱好西洋音乐，源于读外公的旧著《音乐的常识》。因此他常和外公通信，外公为了看梅先生的戏，住在天蟾舞台斜对面的振华旅馆里。倪先生每夜拉完二胡，就抱了琴囊到旅馆来和外公谈天，谈到后半夜。谈的半是京剧，半是西乐。外公说他自己学西乐而爱好皮黄，倪秋平拉皮黄而爱好西乐，形相反而实相成，所以话谈不完。

倪先生和外公谈中西方音乐的比较，谈歌剧和京剧的异同。外公说，西方音乐主要是和弦（chord）的齐奏；倪先生说，京剧演员唱一个音，胡琴要用连续两个甚至四个音来伴奏，内行称之为"裹"。

外公曾说他自己对绘画、文学、音乐都感兴趣。年轻时在东京，上午学画，下午学琴，晚上学外文，正是"三脚猫"（指样样都懂一点但都不专的人）。后期疏远绘画与音乐，偏好文学，写随笔，翻译《猎人笔记》《源氏物语》等，屠格涅夫、夏目漱石、石川啄木，是外公自己所最感兴味的。倪先生说："丰先生，您在漫画、文学、翻译这三方面的造诣，再加上书法，正好'四脚猫'，您这四脚猫，在文坛上、社会上的影响可了不得！"

倪先生曾写过一本《京剧胡琴奏法例解》（上海音乐出版社，1958年），请外公作序。记得外公在序言①中写道："倪秋平先生编著《京剧胡琴奏法例解》，将原稿拿给我看，要我写序言。我对胡琴完全是外行，没有写序言的资格。"外公说他恍然回忆起三十年前的一件小事：自己曾有一次带着两个女儿（有一个可能是我母亲）在山中避雨，在山中小茶店里的雨窗下，为了安慰两个女孩子，外公就去向茶博士借胡琴。

> 我借了胡琴回茶店，两个女孩很欢喜。"你会拉的？你会拉的？"我就拉给她们看。手法虽生，音阶还摸得正。因为我小时候曾经请我家邻近的柴主人阿庆

---

① 丰子恺：《〈京剧胡琴奏法例解〉序》，见《丰子恺全集》（艺术理论艺术杂著卷九），第310页，海豚出版社，2016。

教过《梅花三弄》，又请对面弄内一个裁缝司务大汉教过胡琴上的工尺。阿庆的教法很特别，他只是拉《梅花三弄》给你听，却不教你工尺的曲谱。他拉得很熟，但他不知工尺。我对他的拉奏望洋兴叹，始终学他不来。后来知道大汉识字，就请教他。他把小工调、正工调的音阶位置写了一张给我，我的胡琴拉奏由此入门。现在所以能够摸出正确的音阶者，一半由于以前略有摸小提琴的经验，一半仍是根基于大汉的教授的。在山中小茶店里的雨窗下，我用胡琴从容地（因为快了要拉错）拉了种种西洋小曲。两女孩和着歌来唱，好像是西湖上卖唱的。引得三家村里的人都来看。一个女孩唱着《渔光曲》，要我用胡琴去和她。我和着她拉，三家村里的青年们也齐唱起来，一时把这苦雨荒山闹得十分温暖。我曾经吃过七八年音乐教师饭，曾经用钢琴伴奏过混声四部合唱，曾经弹过贝多芬的奏鸣曲。但是，有生以来，没有尝过今日般的音乐的趣味。

这段往事被外公后来写成文章《山中避雨》。他又说："现在我更觉得胡琴是我国优良的民族乐器，更有提倡之必要。"正如外公曾画过的一幅画《村学校的音乐课》。外公说，梅兰芳先生的琴师写书请他作序，"是一种更有意义的胡琴因缘"。

那时倪先生住在上海淡水路。后来我为小姨丰一吟伴奏京剧，由外公介绍，向倪先生学了多半年的胡琴，打下了很扎实的基础，也是我的一段难得的"胡琴因缘"。

那晚两位艺术家的谈话话题太多，一直持续到深夜十一点倪先生才告辞。

登 高[1]

〔唐〕杜 甫

风急天高猿啸哀[2]，渚清沙白鸟飞回[3]。

无边落木萧萧下[4]，不尽长江滚滚来。

万里悲秋常作客，百年多病独登台[5]。

艰难苦恨繁霜鬓，潦倒新停浊酒杯。

··

注释

［1］登高：每年农历九月九日重阳节这一天，古人有登高
　　　的习俗。

［2］猿啸哀：猿的叫声凄厉悲凉。

［3］渚（zhǔ）：水中的小块陆地。回：回旋。

［4］落木：落叶。萧萧：风吹叶落的声音。

［5］百年：一生。

··

评述

　　《登高》是杜甫的七律名篇，明朝的胡应麟称赞这首诗
"当为古今七言律第一，不必为唐人七言律第一也"，给予极
高的评价。诗歌作于唐大历二年（767）秋天，杜甫身在四
川夔州。那时，"安史之乱"虽然已经平定，但整个唐王朝
遭受战乱的沉重打击，惊魂未定，杜甫当时正漂泊于西南天

四月西湖春柳荡人

地之间。这首七律首联风急、天高、猿猴哀号，渚清、沙白、鸟儿低徊，连写六个景物，像六帧镜头拼接在一起，渲染出深秋的凄凉景况。颔联景物的密度忽然减少，浓度却反而提升：无边的落叶飘零和看不到尽头的长江东逝，宛如一幅长镜头的万里秋江图，勾勒出风景不殊、人事迥异的沧桑之感。颈联十四个字，古人总结出蕴含着八种寓意：万里，说出地域辽远；秋，点明时局凄惨；作客，叙述诗人羁留于旅程之中；常作客，表示自己漂泊无依，距离家乡越来越远；百年，感叹自己垂老；多病，哀叹身体衰弱；台，是重阳登高观赏江天秋色的绝佳所在；而独登台，则表现了诗人杜甫孤苦无亲的窘迫处境。跌宕起伏、回环往复的诗歌意象，不断叩击着读者的心灵。尾联"艰难苦恨"的反复咏叹，也就不再显得突兀，而是诗人忧国忧民心性的自然流露。一生潦倒的诗圣由于生活窘迫，更由于疾病而不得不停止饮酒，但是忧患还是会染白鬓发，催人老去，就如深秋的霜风，一层层地摧折木叶。杜甫的《登高》，虽然四联都用对偶，但飞扬盘旋，光英朗练，毫无板滞堆叠的毛病，确实达到了艺术的圆熟老成之境。

| 无边落木萧萧下和钱君匋 |

我读小学六年级时，外公带我到杭州去游西湖，他的学生钱君匋夫妇和我们同去。钱君匋先生是著名的篆刻书画家，曾任西泠印社副社长、上海文艺出版社编审等职。当时他是上海万叶书店的老板。解放上海时，我们曾借住在钱先生家里，钱先生、钱师母都喜欢我。上世纪五十年代成立工会，万叶书店的工会主席是原来店里的学徒。钱君匋夫妇非常想得到这张"红派司"（Pass）（即红色的工会会员证），但工会是工人的组织，他们算是资本家，不能参加工会，他们很苦恼，只得找老师聊聊。

在西湖船上，记得外公一直在劝他们。我还小不懂事，只是跟着玩。"四月西湖春，垂柳惹行人"的西湖美景让钱先生、钱师母心情变得好起来，他们不再纠结于"红派司"，多才、风趣的钱先生就出谜语让我猜。第一个是字谜"远树横山稀星弯月"。

我家隔壁住着漂亮的三姐妹：李慧人、李慧心、李慧群，我们关系很密切。钱先生的字谜一出来，我立刻想到"慧"，果然猜对了，大家都夸奖我，并不知道我和李家三姐妹"同居长干里，两小无嫌猜"。

钱先生又出了四字成语的字谜：

"七个人八只眼睛"（繁体字：貨）

"十一个人八只眼睛"（繁体字：真）

"外国人八只眼睛"（繁体字：價）

"阿宝他娘八只眼睛"（繁体字：實）

字谜我猜不出来，对于"貨真價實"我并不懂。钱先生做了多年生意，他们很讲究"货真价实"。

最后还有一个诗谜，钱先生说不好猜，但非常有意思，用杜甫的一句诗"无边落木萧萧下"猜一个字。我猜了半天猜不出来，最后钱先生告诉我是"日"。这里有一段历史：南北朝"宋、齐、梁、陈"四朝代，齐为高祖萧道成所建，梁为武帝萧衍所建，两朝皇帝都姓萧，因此"萧萧"下面就是"陈"（繁体字为"陳"）。"陳"字"无边"（去掉偏旁）、"落木"之后变成"日"字。这个谜真雅，但确实太难了。

回上海的火车上，外公给我讲了杜甫的《登高》。外公说，杜诗对仗很工，"无边落木萧萧下，不尽长江滚滚来"是千古名句。上中学后我学了杜牧的七律："地下若逢陈后主，岂宜重问后庭花。"又想起了西湖船上猜谜语的往事。

赠卫八处士

〔唐〕杜 甫

人生不相见，动如参与商[1]。今夕复何夕，共此
灯烛光。

少壮能几时，鬓发各已苍[2]。访旧半为鬼，惊呼
热中肠。

焉知二十载，重上君子堂[3]。昔别君未婚，儿女
忽成行[4]。

怡然敬父执[5]，问我来何方。问答乃未已，儿女
罗酒浆。

夜雨剪春韭，新炊间黄粱[6]。主称会面难，一举
累十觞。

十觞亦不醉，感子故意长。明日隔山岳，世事两
茫茫[7]。

....

注释

[1] 动：往往、每每。参（shēn）与商：星宿名，一东一
西，此显彼隐，古人用来比喻相见之难。

[2] 苍：白，指头发斑白。

[3] 君子堂：卫八处士家。

[4] 忽成行：卫八家的儿女很快就如此众多了。

[5] 怡然：和悦的样子。父执：父亲的朋友。

[6] 新炊：刚做好的饭。间黄粱：掺有小米的饭。

［7］世事两茫茫：意思指明日分别以后，彼此远隔山岳，大家都不知道未来将会如何，渺茫难测。

评述

这首诗作于唐肃宗乾元二年（759），杜甫当时从洛阳返回华州住所，路遇卫八处士而写。卫八事迹不详，只知道他是一个未出仕的读书人。从诗中看，卫八与杜甫从青年时代就是朋友，有二十年没见过面了。这首诗就是写两人的真情厚谊的。这首诗的好处也在于将个体生命对于时间流逝的深切体验提炼、升华为集体经验：二十年前相识旧友，当年俱是一时才俊，翩跹少年，而今偶然相逢，却已两鬓斑斑，儿女成行。年少时的同游，半数都已凋零。抚今追昔，令人痛切，然而杜甫却能用拉家常式的诗句呈现出时空的巨大张力：暮年对坐，青灯白发；儿女恭立，嘘寒问暖；春韭黄粱，举杯劝酒，十杯也不能诉说尽二十年的过往。对饮尽欢，通宵达旦，然而明早，老友又要彼此分别，世事悬隔，茫茫不知了。整首诗突出了情真意切，尾句尤其将读者引向了新的境界。

| 王朝闻先生来访 |

外公有许多好朋友，包括春晖中学、立达学院的同事，还有后来认识的朋友。1949年后大家都忙，来往不多。我记得有一次王朝闻先生来访，当时小姨、小舅和我都在，外公向客人介绍了我们，特别指着我说："这是阿先（我母亲的小名）的大儿子。"王先生说："昔别君未婚，儿女忽成行。"外公和客人大笑。他和外公谈了很久，外公留他喝酒、吃饭后，坐在客厅长谈到很晚，客人才告辞。我并不认识王先生，问了小姨才知道的。客人走了后，外公自言自语地说："草草杯盘共语笑，昏昏灯火话平生。"

过几天，报上就发表了王朝闻先生的文章《丰子恺先生打算继续作画》。1949年后有一段时间外公没有作画，他自学了俄文，当起了翻译家，和小姨一起译出屠格涅夫的《猎人笔记》、柯罗连科的《我的同时代人的故事》，还有不少俄文版的民间故事。外公本是"名满天下、妇孺皆知"的漫画家，大众一定在纳闷大画家怎么不画了，也一定在等外公的画。

现在外公终于又画画了！记得《中国青年》杂志请外公作画，外公小心谨慎地选画题，好像画的是《小松植平原，他日自参天》，或者是《种瓜得瓜》，刊登在封底整个版面。外公对我们说："稿费六十块，真高啊！"这在当年差不多是一个高级教师的月工资，这显然是对外公的重视和鼓励。

一旦开始作画，就停不下来，各家报刊都争相来约稿，外公发表的画逐渐多了起来。上世纪六十年代外公当了上海中国画院第一任院长，又是中国美术家协会上海分会主席。

一次他到北京出席全国政协大会，受到周总理的接见。总理对外公说了："丰老您发表在《光明日报》上的画我看过了，您要多画画啊！"外公备受鼓舞。政协委员到井冈山参观，回来后外公画了《饮水思源》《井冈山瞻观图》等。

"人生不相见，动如参与商"句中的"参"和"商"，是指天上两颗明亮的星星。每到盛夏，在正南方偏东天空中就可以看到一颗红色的亮星，就是天蝎星座 α，在它旁边各有一颗小星，中国古代称为心宿二，就是"商星"，又称"大火"；《诗经》中所说的"七月流火，九月授衣"，指的也是心宿二。这是一颗非常大的星星，其直径居然接近火星绕太阳公转的轨道。

每年冬天，在正南天空可以看到一个四颗星构成的四方形星座，它中间还有三颗星倾斜排列，这就是猎户星座。中国古代的《西步天歌》称"参宿七星明烛宵，两肩两足三为腰"：四颗大星是猎人的双肩和双足，中间三颗星就是猎人的腰带，中国古代称为"参宿"。四方形右上角的发红光的大星，中国古代称参宿四，学名猎户座 α，其直径比心宿二还要大，居然大于火星的绕日轨道。而左下角发白光的亮星为参宿七，这颗星比太阳亮一万四千倍！可见在宇宙中，太阳实在是极其平常的星星。中国古代流传着"参商不相见"的故事。《左传》上说：高辛氏有两个儿子，老大阏伯和老二实沈是死对头，整天动干戈，骚扰百姓，结果尧便强迫他们分开，老大安顿在商丘，老二安顿在大夏，天下始见太平。老大就是商星，老二就是参星。杜甫的诗"人生不相见，动如参与商"，写的也是参商不相见的典故。

┃ 无学校的诗词教育 ┃
——《丰子恺家塾课》读后识

2018年，在艺术大师丰子恺先生诞辰120周年之际，丰先生的长外孙宋菲君教授与华东师范大学出版社的许静女史共同计划，酝酿编纂一部反映丰先生教授儿孙学习古诗词的读物。宋菲君教授是北京大学物理系的校友，他在考入北大之前，在上海度过了青少年时期，那时他常与丰先生一处生活。"文革"中，丰先生处境艰难，无法再给孙辈授课，因此丰氏后人中，亲承过丰先生教诲且目前身体仍康健者，大概只有宋菲君教授一人：他是撰写本书的不二人选。

在命笔之初，我们曾有把丰先生当年教过的所有古诗词都罗列出来并施以评注的想法，后经过深入考虑，感觉缺乏可操作性。时隔半个多世纪，已不可能完全复现当年的教学内容与场景。我们现在能做到的，只是通过当事人回忆的教学片段，讲述与诗词有关的生活细事，结合以丰先生文集、书信、日记中的相关材料，尽力还原丰先生对古诗词、对艺术、对教育的总体性看法。

一、

丰先生教儿孙读古诗词，有三个鲜明的特点。首先是喜欢选取有故事背景的诗词讲授。丰先生平时就喜欢读诗话（尤其是《随园诗话》）、读《白香词谱笺》，教儿孙时也常从中取材。丰先生取《白香词谱笺》为教本，主要就是看中此书的笺注部分提供了许多与作品背景相关的故事。刚接触古诗词的人，特别是儿童，无法完全理解格律、用典、意象、炼字这些深奥的概念，"故事"无疑是最便捷的入门途径。从古代诗学的发展历程看，早期的诗文评著作，也专有一类是从"故事"起手来讲诗的，如孟棨的《本事诗》便是。"重故事"可以说既符合少年儿童的年龄特点，也符合传统诗学的发展逻辑。本书选的《章台柳》《荆州亭》《徐君宝妻》《阿英词》等，都是很有故事的作品。从一首诗词出发，引出一桩故事、一番考证、一点回忆、一段鉴赏，或是一种感悟，这是本书的体例与追求。

其次，丰先生读诗"不求甚解"，且喜欢"断章取义"。从《左传》《国语》中的记载看，东周列国时代的人们，在言谈话语中每常吟诗而言志，但不必引全篇，往往只拎出零章片句；引诗所表达的意思，也不必尽依诗篇的本旨。远如孔子所说的"思无邪"，近如王国维《人间词话》中提出的"古今之成大事业、大学问者必经过之三种境界"，都是援引诗词而言，但其旨趣又都与原篇大不相同，是"断章取义"的典范。丰先生教诗词，包括他创作"古诗新画"，也总是用这种"断章取义"的法子，只撷取诗中最精彩的一两句来写、来画、来教。他在《漫画创作二十年》一文中说："我从小喜欢读诗词，只是读而不作。我觉得古人诗词，全篇都可爱的极少。我所爱的，往往只是一篇中的一段，或其一句。这一句我讽咏之不足，往往把他抄写在小纸条上，粘在座右，随时欣赏。有时眼前会现出一个幻象来，若隐若现，如有如无。立刻提起笔来写，只写得一个概略，那幻想已经消失。我看看纸上，只有寥寥数笔的轮廓，眉目都不全，但是颇能代表那个幻象，不要求加详了。"（见《丰子恺文集4·艺术卷四》）

"不学《诗》，无以言"（《论语·季氏》），当人们真正喜欢诗，并且理解它、掌握它之后，诗就不仅是一种语言形式，而成为交流的工具，乃至思维与生活的方式。

> 近来发见一条到车站的近路。……今日天阴风劲，倍觉凄凉。走在路上，我常想起陶渊明的诗："荒草何茫茫，白杨亦萧萧。严霜九月中，送我出远郊……"嫌它不祥，把念头抛开。但走了一会又想起了。环境逼得你想起这种诗。（一九三八年十一月十五日）

> 于集上买大红枣二斤，每斤五毫。枣大如拇指。食枣，想起古人诗"神与枣兮如瓜"，又想起陶诗"黄花复朱实，食之寿命长"。（一九三八年十二月六日）

> 午彬然、丙潮联袂而来，章桂为厨司，办菜尚丰。吾多饮而醉，日暮客去犹未醒。唱"日暮影斜春社散，家家扶得醉人归"之句，恍如身值太平盛世，浑不知战事之为何物也。（一九三九年一月十八日）

> 久住城市，初返乡，自有新鲜之感。吾卧一帆布床，书桌设床前，晨起即以帆布床为椅而写作。客来即坐对面之板床上。忆元稹旅眠诗云："内外都无隔，帷帐不复张。夜眠兼客坐，同在火炉床。"吾今有类于此。（一九三九年六月八日）

在丰先生的《教师日记》中（见《丰子恺文集7·文学卷三》），类似的记载俯拾皆是。"君子无终食之间违仁，造次必于是，颠沛必于是。"（《论语·里仁》）古之君子，即使颠沛流离，也不曾有一顿饭的工夫忘了求仁这件事。套用这句古话，丰先生可以说是"无终食之间不言诗，造次必于是，颠沛必于是"，就是在最艰难的抗战西迁时期，走在路上，脑中冷不丁就浮现出诗中的情景：吃一个枣，一下子能想起两首古诗。这才是真正爱诗、懂诗且生活在诗中的人。

日记中提到的"家家扶得醉人归"，丰先生后来把它画成了漫画。《一肩担尽古今愁》《贫女如花只镜知》这些画作也都是以古诗为题的，这两句诗《随园诗话》里引过，但诗话里所引的文字和原诗小有出入。这说明丰先生并未读过原诗，他用他的艺术家之眼，把这些佳句从诗话中摘出，并用画笔艺术地再现出来。

当然，选入本书的作品都是完整的篇什。为了适应不同层次读者的需要，我们还对诗词的文本进行了核校。丰先生题画或手书诗词，只凭记忆，故偶有个别文字疏失，另外有些诗词的文句本身也有异文。这次由北京大学医学人文学院的讲师李远达博士与北京大学中国语言文学系古典文献学专业的高树伟博士分头对入选的诗与词，进行校、注、评的工作。个别作品的题目、作者、词句理解等诸方面，学界尚存争议的，两位博士都贡献了他们专业的意见。

最后，丰先生教学特别"重在参与"。《缘缘堂随笔》中的《扬州梦》讲的是丰先生教生病的儿子丰新枚学《唐诗三百首》与《白香词谱笺》，当讲到姜白石的《扬州慢》时，突然来了兴致，次日便带着儿女往扬州的二十四桥"寻梦"。这一教学方法也延续到了孙辈，丰先生当年为了带外孙子领略钱塘江潮，是特意向学校请了假，从上海赶去的。把本书中《浙江潮》一篇与丰先生1934年写的《钱江看潮记》对读（见《丰子恺文集5·文学卷一》），《游庐山记》二篇与丰先生1956年写的三篇《庐山游记》合观（见《丰子恺文集6·文学卷二》），丰先生的这一教学方法及其成效可以跃然纸上。

二、

丰先生对儿孙的教育亲历亲为，有部分原因是当时的学校教育不孚人望。1927年，丰先生把当时学校教育的种种弊端，如课程安排机械、校规死板、教员体罚学生以及向儿童灌输与其年龄不相称的政治观点等，及其对学校教育的质疑与反思，撰成了《无学校的教育》一文①，大力倡导"无学校的儿童教育"理念，文中特意摘译了日本教育家西村伊作《我子的学校》一书中的部分内容：

> 父母，尤其是母亲，不要每天孜孜于家庭的琐事细故，而分一点力来教育子女，父母自己的心也很可以高尚起来。因为教育的神圣事业而教育的人，必先有高尚的精神。为了教育的一种大而善的事务，即使饭菜稍不讲究一点，扫除稍不周到一点，家庭也欢乐而发美的光辉了。

在学校教育高度发达、社会教育如火如荼的今天，我们回看丰先生的"无学校的教育"思想，非但不觉其过时，反而觉得其中有许多特别可珍贵之处。其一，"无学校的教育"所提倡的父母的高质量陪伴，是今天有些家庭格外缺失了的。其二，"无学校的教育"并不要求父母有多么高深的学问，"教育者只要是人就行"，"深究学问的人，也许反是失却人间味的"。学校是集大众而演讲、经考试而颁发文凭的机构，学

---

① 原载1927年7月20日《教育杂志》第19卷第7号（收《缘缘堂集外佚文》上册）。下文凡不具出处之引文，皆引自此篇。

校教育是为在职场上寻敲门砖的；"无学校的教育"则更注重人格的健全与完善，其实质是"养成教育"，"由这样教育出身的子女，一定是比由学校教育出身的更稳健而有深的思虑的人"。除夕夜吃罢年夜饭，全家老小聚在一处，合唱"长亭外，古道边，芳草碧连天……"，这其实是很多人家都能做到的，只是现在更多的家庭在会餐之后选择的是一人窝一个沙发抱着一台手机。其三，特别要说明的，父母分精力教育子女，获益的不仅是子女，"父母自己的心也很可以高尚起来"。好的教育是双向的。丰先生有许多画，还有他散文中的一些名篇，本身就是画给或写给家中孩子的。"天地间最健全的心眼，只是孩子们的所有物，世间事物的真相，只有孩子们最明确、最完全的见到。我比起他们来，真的心眼已经被世智尘劳所蒙蔽，所斫丧，是一个可怜的残废者了。"（《儿女》，见《丰子恺文集5·文学卷》）丰先生一生能长葆赤子之心，这和他喜爱儿童并善于从孩子身上汲取创作灵感是密不可分的。

杭州西泠印社有清人陈鸿寿手书的楹联："课子课孙先课己，成仙成佛且成人"，"成仙成佛"不过是说说而已，把这副楹联稍改几个字："课子课孙亦课己，成龙成凤先成人"，其实就切合丰先生的"无学校的教育"的理念，这是古今中外的教育家所共同推崇的。

三、

丰先生幼年最初接受的是私塾教育，后入读浙江省立第一师范学校。在这所学校里，音乐、美术是最重要的功课，这是因为担任音乐、美术课的教师是李叔同先生（即后来的弘一法师）。正是李先生的人格魅力，使平常不受重视的课程成了学校的"主课"。丰先生受李叔同影响很深，后来他也像李先生一样赴日本游学，成为学跨中西、兼通古今、出入僧俗的大艺术家。

丰先生是脱胎于旧时代的文人，他更是新文艺的开拓者与奠基人。他教儿孙学古诗词，但作文或通信却主张采用白话[①]；他以古诗词入画，画的却是现代生活；他自身是学艺术的，却很鼓励外孙子根据自己的爱好、特长报考物理学系。人惟求旧，学惟求新。丰先生的学识与艺术，已为我们指引了民族、大众、进步的新文化发展路向。本书的编纂与出版，除为世人留下一份珍贵记忆之外，庶几可对当今时代家风、家训之弘扬，对眼下"国学"与"国潮"复起之世风，略起些示范与引导作用。

我与宋菲君教授因同喜欢京戏而结识，蒙宋教授推举，委我审阅书稿，故书中内容得先睹为快；书成付梓之际，撰为小文，缀于卷末，以向作者致敬，并向编辑同仁道谢。

北京大学中国语言文学系、中国古文献研究中心　林　嵩

2021-01-31

---

①　丰先生1945年6月3日给后学夏宗禹写信时说："今后我们通信，请用白话，好否？原因是：（一）我一向主张白话文，惟写信时仍旧用文言，常常觉得不该，而始终不改，请从今改。（二）写信用文言，是为了对方生疏客气，不便'你你我我'，必须用'先生''足下''弟''仆'一套。现在我与你已很亲熟，将来或许关系还要亲密起来，所以应该用白话通信，比文言亲切些。（三）你原是新文学时代的青年，只因如你所说，在南充住了三年，与老成人交往，学了老成气，故写信用了文言。我表面虽是老人，心还同青年一样，所以请你当我是青年朋友，率直地用白话通信。（四）还有一个更重大的原因，我希望你更加用功文学，而用功的必须是白话文学，（古书当然要多读，但须拿研究的态度去读，不可死板模仿古人，开倒车。）白话文学注重内容思想，不重字面装饰。（反之，文言往往内容虚空，而字句琳琅华丽。）这才真是有骨子的文章。我们就用这种文字来写信，岂不痛快？因上述四个原因，我主张和你以后用白话通信。不知你赞成否？"（见《丰子恺文集7·文学卷三》）